花的

一 朵 花 的 前 世 今 生

传奇物语

Stories and Legends of
GARDEN FLOWERS

Vernon Quinn

[美] 维侬·奎因——著

陈苍多——译

江西人民出版社
Jiangxi People's Publishing House
全国百佳出版社

图书在版编目（CIP）数据

花的传奇物语 / (美) 维侬·奎因著 ; 陈苍多译

. -- 南昌 : 江西人民出版社, 2020.6

ISBN 978-7-210-11548-9

Ⅰ. ①花… Ⅱ. ①维… ②陈… Ⅲ. ①民间故事—作品集—美国 Ⅳ. ①I712.73

中国版本图书馆CIP数据核字（2019）第261526号

花的传奇物语

【美】维侬·奎因 / 著

陈苍多 / 译

责任编辑 / 冯雪松 韦祖建

出版发行 / 江西人民出版社

印刷 / 北京柯蓝博泰印务有限公司

版次 / 2020年6月第1版

2020年6月第1次印刷

787毫米 × 1092毫米 1/32 7.5印张

字数 / 131千字

ISBN 978-7-210-11548-9

定价 / 39.80元

赣版权登字-01-2019-855

如有质量问题，请寄回印厂调换。联系电话：010-64926437

译　序

我翻译的《花、树、果的动人故事》出版后，受到很多读者的喜爱，很希望我再译一本类似的作品，如今这部《花的传奇物语》正是我心目中的不二"书"选。

除了"玫瑰"和"郁金香"两篇之外，其他每篇都在两三千字左右，我向来喜欢隽永的小品，这部作品中的每一篇都经由作者去芜存菁后，以另一种小品文的形态出现，深得我心。

原来，除了菊花、牡丹源于中国之外，荷包牡丹、蜀葵和百合的故乡也是中国，中国在百花竞艳的世界中也占有一席之地，中国台湾建国南路陆桥下的花市也让人眼界大开，流连忘返。希望将来有人写出一本中国台湾花卉的群芳谱。

在"勿忘我"一篇中，你可以读到"她"的很多动人故事，包括罗马尼亚有关"她"的美丽传说，尤其"她"竟然与蝎子有关，更令人意外。

读者应该会喜欢"耧斗菜"一篇中有关五个印第安酋长爱上"天空少女"的故事，以及狮子成为万兽之王的经过。

在"番红花"一篇中，你会读到希腊神祇在无聊之余如何惹了大祸。

"矢车菊"如何成为德国的国花呢？好奇的你可以在本书中找到答案。大丽花引进法国，如何跟"胭脂虫"这种染料扯上关系呢？请读"大丽花"一篇。

"风信子狂"与"郁金香热"在本书中有动人的描述，尤其"郁金香"一篇中一些有趣的事实，让人读了忍俊不禁。

如果你读完"鸢尾"一篇，到台大醉月湖畔欣赏鸢尾，也许会更有心得。

"牵牛花"的故事引人入胜、"旱金莲"一篇中有惊悚的故事等着你……

而较长的一篇"玫瑰"，则充满迷人的逸事，尤其玫瑰与夜莺的一段，不论你是否耳熟能详，都会在你的阅读生活中平添乐趣与风味。

本书除了事实的描述之外，最多的是神话与传说或传奇，尤其童话也扮演了很重要的角色，要在现代机械式的生活中保持丰富的想象力、未泯的童心，需要多接触这样的作品。

那就请读者们在阅读本书时驰骋想象的野马，纵身在神话、传说、传奇、童话的浩瀚空间中，体验刹那即永恒的真谛。

陈苍多

二〇一七年三月二日

目录

Contents

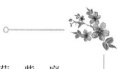

庭荠花（Alyssum）

十六世纪的杰拉德（gerade）告诉我们，这种很受欢迎的小花可以"立刻治愈被疯狗咬伤的人"。

所有的庭荠属植物都被称为"狂草本"，因为一般人相信这种植物会治愈狂犬病。只不过在古代，它们仅被用来抑制打嗝！alyssum（庭荠花）一字源自较早的alysson，意思是"反狂"，不是指平常的疯狂，而是指被狂犬咬伤后所导致的狂怒。

大部分的庭荠花会开出成串的纯黄花儿，很多这类黄花小植物原产于中欧与南欧，是花园的宠儿。但最为人熟悉的，是一般人都很喜爱的一种老式庭荠花——香雪球（Sweet-Alyssum）①，开着香气高雅的白花。在意大利南部，老祖母们在晚上喝酒打盹之余都会叙述一个故事，且为了配合这个故事，还会在房子里放置一瓶香雪球喷剂，以防恶魔入侵，

---

① 以前香雪球（Sweet-Alyssum）被称为"庭荠属"（Alyssum）。

也作为防"凶眼"的护身符。

故事是说，当夜色降临时，有位农夫准备从遥远的葡萄园回家。他能走一条开阔的道路，也能选择一条穿越闹鬼森林的近路。一般而言，他会避开森林，因为除了不幸死者的灵魂，就连恶魔本身，都会于夜晚出现在森林。但这个夜晚农夫却前往一家酒店喝酒壮胆，并借了一根结实的棍子，然后往森林小路出发了。他有点恐惧地走进浓雾弥漫的森林，结果平安无事，于是他开始感到勇气十足，甚至觉得很愉快。就在他接近小路终点时，有一只兔子跳到他面前，正好能当他的晚餐！他举起棍子，但就在那个时刻，兔子变成了狼。他知道它其实是恶魔。

狼扑向他时，他用结实的棍子敲它。狼变成了野猪。在短时间的挣扎中，农夫设法摆脱野猪，但野猪紧跟着它。他迅速跑到森林终点，到达远处的草地，筋疲力尽地倒下去。

他认为劫数难逃，开始祈祷。

刚默祷了第一句话，就有一种甜美的芬芳气息笼罩他——原来草丛长出芬芳的白花，正是一簇簇的香雪球。野猪在冲向他时露出恶魔的原形，接着消失了。

意大利老祖母又啜饮一口香酒，说道，难怪人们把这种花挂在房子里，因为它是圣维吉妮的礼物，魔鬼及其爪牙们看到它就会逃走。

据说，在比利牛斯山的东部有一个小村庄，只住着牧羊人及其家人。香雪球在这个村庄中也很常见，长在每座花园中，种子到处散播，长出来的植物在路旁到处可见。这些淳朴的山上人家对外在世界几乎一无所知。他们只照顾羊群，养殖一些牛、山羊和猪，并感到非常满足。

有天，一位巴黎人走进了这个远方的小村庄。他到达时，族长们正在开会，讨论一个很重要的问题：要把牛放牧在低山上还是高山上？他们邀请这位陌生的巴黎人进来，请他发表意见。

这个陌生人觉得这些人心思很单纯，竟然讨论起这样愚蠢的问题，就笑着说："你们需要一点点智慧，何不去买一些智慧？"

"智慧？"他们问道，"那是什么东西？哪里可以买到？"

这陌生人看那儿到处是香雪球，心中最先就想到这种东西。

"是一种植物，"他轻描淡写地说，"巴黎有很多。"

村人立刻开始募钱，派一位牧羊人到巴黎去购买这种美妙的草本"智慧"。

很不幸，这个心思单纯的牧羊人在巴黎遇到了坏人。他用了所有的钱却只买到一棵长在盆中的小小植物。他们告诉他说，这是能买到的最后一棵"智慧"植物，因为其他的都被别人抢先买光了。

他很满足地回到小村庄，村人围在他四周要看这种奇迹似的东西。原来它是一株香雪球，跟村庄中遍地可见的所有香雪球没有两样，但他们却认为它是一种很奇妙的东西，陌生人说它会赐给他们智慧，会让他们立刻知道所有问题的解答。是否要买一只新羊？是否要让斑点母鸡孵蛋？以及要把牛放牧在高山上还是低山上？

他们轻轻地从盆中拔起这棵美妙的草本植物，种在村庄正中央，好让它将智慧赐给所有的人。

那夜，村人很满足地睡着觉，月儿对着大地微笑，就在此时一只迷路的猪走过来，用鼻子崛起这棵"智慧"植物，接着后面来了一只山羊，把它给吞下去了。

紫菀（Aster）

根据古代的神话，"处女座"从天空的地方往下看，伤心地哭起来，星团就创造出紫菀了。

"黄金时代"过去了，"白银时代"和"黄铜时代"也过去了，接着是"铁器时代"。在"铁器时代"中，人类发现了铁，用铁制造兵器，所以就变得很野蛮，诸神感到很失望。

神祇们一个个舍弃地球，横越"银河"到他们在高处的住所。女神亚丝崔尔（Astraea）①是最后离开的一位。她心中很悲伤，所以在到达天堂时，就要求成为一颗星星。

天帝朱庇特对于地球的可怕情况大发脾气，就决定要毁灭所有邪恶的人类，创造新的种族。他的第一个想法是发出雷电，但雷电却可能引起火灾，火焰会延烧到天堂，所以他就改放洪水。只有神圣的巴纳索斯山顶峰位于洪水所不及的地方。

---

① 指罗马正义女神。

地球上的人全都消失了，只剩下杜卡里安和他的妻子，因为他们逃到巴纳索斯山山顶。由于这两人没有做坏事，并忠实地崇拜诸神，所以朱庇特愿意让他们活下来，于是他就把洪水撤回。

在这对寂寞男女的四周，地球全是泥泞与黏土。女神亚丝崔尔用她的星灯照亮黑夜，在俯视他们两人时很可怜他们，所以哭了起来，眼泪掉落时变成星团。星团洒在地球，以可爱的星状花——今日以"紫菀"（aster）[1]为人所知——遮盖住地球的丑陋荒芜。

紫菀就是拉丁文的"星星"。希腊人也称这种花为"星星"。

另外一则神话则指出，紫菀源自年老的雅典国王埃勾斯（Aegeus）的血。这位国王每年都被迫送七位年轻男人和七位少女去给克里特（Crete）国王，让牛头人身怪兽米诺陶吃掉。米诺陶住在一座迷宫中，只要人进入其中就没有希望逃出来。

当一年一度献祭贡品的时间到来时，埃勾斯的儿子忒修斯（Theseus）就志愿成为年轻男人中的一员，相信自己能够杀死这头怪兽。埃勾斯爱他的儿子，不答应让他去，但最后

---

① 原文与丝崔尔拼法接近。

还是屈服了。船只启航，按照进行这种悲情旅程时的习俗升起了黑帆。忒修斯要父亲注意回航的情况。如果他看到白帆飞扬，就知道他们胜利了，杀死了米诺陶。

船只循着预定的航程到达克里特岛，这些不快乐的雅典人上了岸。由于忒修斯长得很英俊，国王的女儿亚丽阿妮（Ariadne）立刻爱上他。为了保护他不受怪兽的伤害，她给了他一把魔剑以及一个线球，用来标示迷宫的路径，让他能够循着线球走出来。

最后米诺陶被忒修斯杀死。忒修斯带着欢欣的年轻男人和少女乘船回国——再加上亚丽阿妮一人，只不过忒修斯忘恩负义，把她遗弃在大海中央的一座岛上。但忒修斯忘记升上白帆。埃勾斯每天以急切的心情盼望着，但看到船只仍然罩着黑帆，认为儿子死了，立刻自杀了。女魔法师米蒂亚（Medea）在成为埃勾斯的妻子时曾在他身上施了魔法，所以在他的血流进土地时，紫菀就长了出来，也就是说，紫菀是源于米蒂亚的魔法。

远古时候，称为"星花"的紫菀被所有的神祇奉为神圣，人们把紫菀的花环供奉在诸神的圣坛上。在中世纪的欧洲，人们燃烧紫菀的叶子以吓走蛇类，并捣碎其根部去喂蜜蜂。

紫菀的早期英文名字是"开出星形花的植物"（Atarwort）。但在所有的花都与宗教相关的法国，它一直被称为"基督的眼睛"（l'œil du Christ）。

大约在一七三〇年时，德殷卡维尔神父（Father d'Incarville），把一些种子送到巴黎的"皇家花园"。当花开出来时，形状相当类似雏菊，法国人称之为"皇后雏菊"。来自法国的种子在一七三一年时传到了英国。当长出的植物在切尔西地方开花时，英国人将花跟紫菀加以类比，所以来自东方的异国花儿就成为"中国紫菀"。至今它仍以这个名字为人所知，但其实它完全不是一种紫菀。

美国有很多品种的野生紫菀，一些最华丽的品种都在花园中栽培。查拉几族土人有个传说，认为紫菀的本源在南部地方。

曾有两个部族为了争夺一座优秀的猎场而发生战事。战斗从多数林的山顶延烧到山谷，越过一条小川，穿过远处的一个村庄。村庄毁了，所有的居民都丧命了，只剩两个躲藏在森林中的小姐妹。其中一位穿着一件染成薰衣草蓝的丹鹿皮衣，衣缘装饰得很美。另一位穿着亮黄色的丹鹿皮衣。

她们越过一座高山，进入"药草女"居住的山谷。这位"药草女"是一个年纪很大的女人，白天采集药草，夜晚酿造奇异的药水。诸神赐给她施展魔术的力量。

"药草女"看到这两个小女孩时，就预知敌人会追逐她们，所以那天晚上当她们两人在外面的星空下睡觉时，她就在她们身上洒下神奇的药水，用叶子遮蔽她们，到了早晨，那儿就出现了两朵花，一朵是薰衣草蓝的紫菀，其放射状花是丹鹿皮衣上的缘饰；另一朵是秋麒麟，呈黄色，缘饰很厚。

美国人很习惯看到秋日的田野长满星形的紫菀，所以很少想到要把这些常见的野生植物种植在花园的高贵植物中。但英国人却取用纽约紫菀和新英格兰紫菀，加以培植，以"蒲菊"（Michaelmas-daisy）之姿回到故国，而它们也以这个名字在美国人的花园中占有荣耀的地位。

荷包牡丹（Bleeding heart）

舟山岛位于中国浙江省东北部海域。由"皇家园艺学会"派到中国为西方世界收集外国品种的罗伯·福钧（Robert Fortune）就在舟山岛看到了开得鼎盛的荷包牡丹。他购买了一株作为收藏品，于一八四六年连同舟山岛和中国大陆的其他珍品一起带到伦敦。

华丽的荷包牡丹花朵在曲线优美的花茎上摇曳生姿，立刻赢得每个英国人的喜爱，在非常短的时间内就盛开于每座村庄花园中。美国人也很喜爱这种来自中国的吸引目光的花——荷包牡丹（Dicentra spectabilis）。如果花园中没有大量的荷包牡丹，就不算完整。

学名中的Dicentra意思是"两个刺马钉"，是指外缘的两个花瓣，让人想起荷兰人的袋状短裤。这在一七六三年时，亚当逊（Adanson）已经把这种花命名为Bikukulla——"两个顶盖"。有七十年之久，它却拥有这个名字，没有引起争论。只在最近，亚当逊的命名才为Dicentra——"两个刺马钉"——所取代。

荷包牡丹对西方世界而言是太新的花种，无法融入好几世纪的传统中。不到一百年前，罗伯·福钧第一次从舟山岛带来第一株这种植物，但在中国有一则民间故事指出，它在汉朝早期，也就是大约两千年前，就存在了。

在这个时代之前，贸易路径越过高山和沙漠，由旅行商队带着中国的宝物去交换西亚的宝物。由于有成群的匈奴蛮族存在，这种贸易路径显得很危险。但到了汉代，贸易路径终于变得相对安全了。

有一个富裕的旅行商队准备要出发。骆驼驮上了货物，赶骆驼的男孩们大喊着"再见"——就在此时，旅行商队的队长忽然病倒了。在紧急状态中，商人们选了一名张姓男子来取代他。张姓男子很高兴，但他漂亮的妻子却为他的安全担心。虽然匈奴人此时已成为盟友，但强盗仍然时常构成威胁。

随着日子的推移，她担心的感觉增强，整天坐在花园中一棵悲愁的柳树下，跟着它一起哭泣。最后，她的一位仆人建议她去找一位魔法师。也许这位魔法师能够看到遥远的地方以及未来，看清她的丈夫在远方与旅行商队在一起。如此她就会知道他很安全。

这位魔法师不仅有这种能力还借给她一条神奇的项链，由一株株玫瑰红珊瑚串在一条红褐色链子上。

"把它戴在你的心脏地带，"他指示她，"每天早上日头一在大海边缘出现，不管你的丈夫在何处，你都会看到他。景象将持续到太阳落在水平线上。"

这个年轻的妻子每天都高兴地唱歌，因为她每天早晨都看到张姓丈夫唤醒睡眠中的旅行商队，或者与之吃着三餐，或者已经上路了。

一星期一星期过去，她都不感到烦恼。然后，有一天早晨，当太阳从中国海冉冉升起时，她非常惊恐地看到丈夫和赶骆驼的男孩们拼命跟一群强盗打斗。男孩们一个个被杀死，只剩下张姓男子。就在她恐惧地注视着时，一个强盗的弯刀把张姓男子的头割下来了。

她因伤心而发狂，跑到一处悬崖，跳了下去，在下面的岩石地上粉身碎骨。她的仆人跑到悬崖要去阻止她，但已经太迟了。他们很伤心地爬到悬崖下面去寻找她的尸体，但到处都看不到尸体。只是珊瑚项链却在，不过已经变成一朵花，玫瑰红的荷包牡丹串在一根红褐色的花茎上。

虽然这种来自远方中国的"两个刺马钉"，可爱的荷包牡丹，最为华丽又最受欢迎，但美国却有自身很多品种的"两个刺马钉"。它们为春天森林的美增加了花边似的优雅，但其中有一些——"荷兰人的短裤""松鼠玉米""野荷包牡丹"——也进入了花园中，因为它们的叶子总是很吸引人，纵使这种形状奇怪的花有其固定的开花季节，因此都凋谢了。

蓝铃花（Bluebell）

虽然北半球的很多地方都大量出现野生蓝铃花，但像蓝铃花这样优美的花却无法被人排除在花园之外。它是很多欧洲国家以及美国、加拿大广阔地方的土生花种。

有一个伊洛魁族人的传说谈到一位族长哀悼失去的女儿。"金星"喜欢上这个女孩，就在她要嫁给族中最英俊的年轻人斯壮波时，把她诱拐到天空。

族中的战士们迅速聚集在一起，发出如雷般的战号，战鼓也使劲地敲着，但都没有作用。他们吓不倒"金星"，他就是不放弃这个女孩，因为他需要她来装饰他的火炬，把火炬浸在山胡桃油中，让他在天空握着它时会很明亮地炽燃着。年轻的斯壮波并不浪费时间去为情人悲伤。他决定立刻前往"高空"去救出他的情人。

"你拿着这个魔袋吧，"巫师对他说，"它会让你的身体轻如羽毛。你要爬到所看到的最高处，一旦有一片云降低下来，你就跳上去，乘着它上高空。"

斯壮波按照巫师的吩咐去做，但他一跳上云，云就脱离了他，于是他跌落云层，像羽毛那样轻轻飘到一只老鹰筑巢的壁崖。

老鹰刚带回一条蛇，正把它啄成片片，分给小鹰吃，所以它非常不高兴受到打扰。但是当它听了斯壮波叙述经过并检视魔袋后，就同意带他到"高空"。

他们翱翔穿过一层又一层的云，最后来到漆成蓝色的陶土大盆，就是所谓的天空。老鹰就停在这儿，让这印第安人站在它的背部，用尖锐的火石箭镞在陶土中射穿一个洞。片片的蓝色天空陶土黏附在他的箭上。当洞够大，可以让他们爬穿过去时，这位印第安人却在兴奋中不小心把箭掉落到地球上。

老鹰在洞口等着，但斯壮波在"高空"上方游动，最后来到"金星"住的地方。"金星"在天空中握着火炬，无法放手，所以女孩就趁机跟斯壮波跑走。老鹰伸展宽阔的翅膀，在他们两人抓着魔袋时把他们送到地球。

斯壮波在他们降落的地方找到了他的箭，但它已不再是箭，它成为一朵蓝铃花的细长花茎，而附着在上面的片片天空就是茎上的蓝花。

这个传说有另一个版本。"高空"中发生一场战争。斯壮波射出很多箭，而"金星"手上没有武器，就抓起片片的天空陶土来丢掷。天空陶土从洞中掉下去，在到达地球时就变成蓝铃花。

蓝色是跟英国的守护神圣乔治有关的颜色，因为蓝色是大不列颠所君临的海洋的颜色。因此，蓝铃花被选为圣乔治的花。但在英国，人们称它为"兔铃花"（harebell）。德文郡地方的人对这个名字有所说明。

很久很久以前，妖精对仙女宣战。在一次可怕的战斗中，仙女被击败。她们惊慌地逃离田野。但有三个翅膀受伤的小仙女被遗留在后面。在惊恐中，她们跑向一片可以遮蔽她们的矮树林，但妖精在后面迅速追赶着。

就在她们到达矮树林时，一只兔子从其中跑出来，要她们跳上它的背部。兔子快速跑开，把三个仙女带到安全地方。仙后为了表示感激，就在田野中种植铃花，一旦有危险威胁到任何兔子，这种花就会发出警告的声音。从那天起，这种花就以"兔铃花"为人所知。

蓝铃花：别称野风信子，不喜阳光偏爱阴暗，它们总是扎根密林深处，被誉为最受英国欢迎的花卉。

在爱尔兰的乡村，仙女是很真实的人。妖精也是，他们是经常穿着绿衣的矮小男人。妖精完全用不着蓝色"兔铃花"，但仙女很喜欢这种花，当她们在仙女圈中嬉戏时，都在美丽的头上戴着这种花。

在英国北部的乡村中，女巫喜欢这种铃形花。边境地区的人说，女巫戴这种花当作裁缝用的顶针，但没有人知道女巫都缝些什么东西。

越过荒地和草原上长满"兔铃花"的边界，这种花就叫作"苏格兰的蓝铃花"。没有人会梦想要摘一朵这种小花，因为它们也是"老人的铃花"。这位可怕的老人是一个鬼魂，会在暴风雨的夜晚从最靠近的坟墓出现，摇动蓝铃花。任何人听到蓝铃花那高于暴风雨怒吼声的悦耳乐音都一定会在十四天之内死去。没有人会去惹这种"老人的铃花"。

Campanula是蓝铃花的正式名称，意思是"小铃"。在花园中时常有另一种"小铃"长在它旁边，称之为"坎特伯利铃"，持续很多世纪，所以有关这个名字的起源就有不同的说法。

在肯特郡的第四位撒克逊国王尔色伯特，把坎特瓦拉堡——坎特伯利——定为他王国的首都后不久，圣奥古斯汀于公元五九七年到达那儿，并在那儿定居。

之前的两百年，有一个古老的传说流传。有三个邪恶的年轻人被施了魔法，变成了野鹅，必须不停地从一个地方飞到另一个地方，达一千零一年之久。当圣奥古斯汀到达时，它们是在靠近坎特伯利的一条河上。借由坎特伯利之铃的响声，魔法被解除了。它们又变成了年轻人，却还身在一个陌生又令他们困惑的世界中。

圣奥古斯汀在河旁发现他们，引导他们到达教堂。沿途他所经之处，都会有坎特伯利的美丽小铃形花长出来。它们以"坎特伯利铃形花"为人所知，从此以后这种花就献给了圣奥古斯汀。

在更久之后，它们是献给了圣汤玛斯，即大主教汤玛斯·尔·贝克特。这位大主教于一一七〇年在坎特伯利教堂遭到谋杀，他的圣龛成为坎特伯利朝圣者的向往之地达三世纪以上，后来它才被亨利八世的行政长官所毁。

就像前往圣地的十字军战士披着片片的棕榈叶作为区分的标志一样，行走在前往坎特伯利路上的朝圣者也带着系有马铃的竿柱，在走路或骑马时发出铃声，告诉世人说，他们是前往圣汤玛斯的神龛朝圣。人们宣称，这种小花被称为"坎特伯利铃花"，是因为它很像坎特伯利朝圣者的鸟铃。

然而杰拉德（Gerade）却在一五九七年写道，这个名字只是源于一个事实：这种花在坎特伯利四周的森林中长得很茂盛。

专家们似乎无法决定是要把异檐花（Venus-Looking-glass）①视为人们长期以来所认为的一种"蓝铃花"，还是要把它称之为"桔梗科的花"。但是无论是哪一种名字，异檐花的白色或深蓝色花朵，都为花园增加了一种可爱的花卉。经过栽培后，其中一些变成有白色眸子的深紫色花朵。花儿乎不是铃状，但更像圆形小凹面镜，花瓣发出明亮的闪光。

据说，维纳斯拥有一面神奇的镜子，可以让照镜子的人显得极为美丽。有一天，她遗失了这面镜子，后来被一个外表平凡的牧羊童找到。他看到镜中自己的映影，很惊奇地凝视着。他不曾梦想到自己美得如此迷人！

当他狂喜地站在那儿时，丘比特看到他。一个凡人竟然拥有他母亲的镜子，令他很生气，于是他射出一支箭，把镜子射落在地上，碎成片片。当闪亮的碎片掉落时，它们就变成闪亮的花，时至今日都还被称为"维纳斯的镜子"。

很多品种的蓝铃花都长在花园中，如果岩石庭园中没有一些这类品种的花，就似乎不完整。但蓝铃花无论颜色多么悦人，或纹理多么精致，都不会像小蓝铃花那样有吸引力——它在很多国度中历经各个世纪，都为很多人所喜爱。

---

① 英文原译为"维纳斯的镜子"。

菊花（Chrysanthemum）

　　根据日本神话，万物之始时天上有三个神。以后数目又增加，最后男神伊奘诺尊和女神伊奘冉尊被派遣乘着云桥下到凡间去创造以及繁殖人类。

　　伊奘诺尊把矛刺进海洋中，日本的第一个岛就出现了。其他岛接着出现。伊奘冉尊生了风神、山神、海神以及其他几个凡间的神。但她在生火神时去世，前往"黑夜"的所在。

　　伊奘诺尊决定到"黑夜"去救伊奘冉尊，让她回到凡间。他到达岩石入口处，穿过了黑暗，在横越蜿蜒的通道时，把火炬举得很高。

　　忽然，他来到了大房间，看到了一些情景，很是惊恐，就转身逃跑。但"黑夜"的"丑老太婆"追逐他。他抛下头饰，头饰变成葡萄，"丑老太婆"等了一会儿才吃。不久，她又开始追他，他就丢下梳子，梳子变成竹笋。就在"丑老太婆"高兴地吃着这种美食时，伊奘诺尊跑到了出口，穿过出口回到凡间。

伊奘诺尊接触到这么龌龊的地方，身体遭到了污染，就匆匆赶到河中洗一次净身浴。他脱下带子、腰部以下的衣物以及外套，又脱下两个宝石手镯和项链。

这些衣物落在地上时变成十二个神，而宝石则变成花。一个手镯变成一朵鸢尾花，另一个手镯变成一朵莲花，项链则变成金色菊花。

日本人宣称，菊花源于他们的国家。日本的国徽至少十个世纪以来都是十六个花瓣的菊花结合以桐树的叶与芽。但这种金色花的第一个故乡是中国。中国人会告诉你，它是如何传到日本的。

中国人说，大约三千年前，有一位年迈的皇帝听他所喜爱的占星家说，"日升之海"中的"蜻蜓岛"上长着一种神奇的药草，可以让他恢复青春，但只有年轻人才能采集它。

航程会很危险，因为有海龙和其他怪兽守护着这个岛。但这位老皇帝很受人民的爱戴，不乏志愿前去的人。最后有十二个年轻人获选，有十二个女孩要陪伴他们前去。船和食物准备好了，正要出发时，皇帝想到一件事：如果岛上有人，他们可能必须用东西去交换这种神奇的药草。他们没有其他东西可以做交换之用，所以他就送去中国最珍贵的金色菊花，装在竹篮中。

十二对年轻男女安然到达"蜻蜓岛"——日本。但他们在途中曾遭遇到可怕的暴风雨，受到可怕怪兽的威胁，所以害怕回到中国，尤其是他们并没有发现神奇的药草可以带回去给皇帝。由于岛上并没有人居住，他们就留在那儿繁殖后代，细心地培育菊花，视之为他们与故乡之间唯一的联系。

日本的王朝战争始于一三五七年，持续了五十五年，以"菊花战争"为人所知，因为南方的每位战士都佩戴一朵黄色菊花，作为表示勇气的金色标志。根据传说，在整个日本之中，只有一个地方不准种植这种相当为人喜爱的花，那就是"姬路"这个地方。

很久以前，姬路地方有一位贵族，住在一座有三十个角楼的优美城堡中。城堡中有很多奢华的宝物，包括十个用纯金做成的盘子。只有一个矮小的女仆菊子可以处理这些宝物，可以揩拭与擦亮它们。

有一天，菊子——她的名字意思是"菊花"——发现一个盘子不见了，只剩下九个。她在狂乱中又数了一次，然后到处去寻找。她知道自己会受到主人谴责，又唯恐被称为小偷，就跑到井边，跳了进去，淹死了。

那一夜，她的阴魂回到放宝物的房间，绝望地一个一个数着金盘子。当她数到第九个时，发出刺耳的尖叫声，又数一次—— 一、二、三——如此持续到黎明。第二个夜晚她又来，以后每晚都来。这个贵族只好搬离，城堡也变成废墟。

姬路地方的善良人民为菊子不安的幽灵感到很难过，以后就不再种与她名字相同的花——菊花。

菊花Chrysanthemum是来自两个希腊字，意思是"金花"，但经过培植后已经出现了许多可爱的颜色，所以这个名字几乎不适用了。

北非也有其菊花的传说，因为这种花也是当地一种土生的花。阿拉伯人说，最初他们的菊花全都是雪白的，只不过现今很多都是红褐色的。

有一个晚上，一位出身高贵的阿拉伯女人梦到她身为战士的丈夫领着一群人突袭沙漠，被矛射死。她很生动地看到

虎皮菊：一年生草本，不爱寒冷偏爱阳光，不但极具美观，而且还可以在砂地进行种植。

他坐在黑色的骏马上，矛仍然插在他的心脏地带。

一匹疯狂奔驰着的马惊醒了她，她跑到窗口，打开窗子。她的丈夫出现在月光中，正像她在梦中所看到的。但人、马和矛都只是幽灵，因为她能清楚地看透这三者。

她悲伤逾恒，抓起一只匕首，刺向自己的心脏，她的身体从窗口掉落到一坛白色菊花中。从那个悲凄的夜晚之后，很多的白色菊花都沾染上她的血。

摩洛哥是菊花的重要发源地，这种花卉在祖母们令人喜爱的老式花园中备受珍惜。菊花是在一七九八年从摩洛哥引进英国，成为雏菊似的单瓣花种，有白色放射状线条，基底是黄色条纹，还有一个深紫色的圆盘。不久，它就传到美国。但经过大约六十年的培植后，这种北非白野花才开始变成一种有很多放射状线条的重瓣菊花。

在那些古老的花园中，也有芬芳的绒球菊花，而它们的故事要回溯到罗伯·福钧以及中国的舟山岛。福钧看到这种菊花长在一座小花园中，就向一个慈爱地照顾着它们的老年中国人买了一株，把它命名为"舟山雏菊"。

然后这位友善的舟山园丁让他看另一种花朵像纽扣的菊花。福钧也买下来，把它取名为"中国极小花"。

他带着这两种宝贵的菊花，以及他在岛上和大陆地区所采集的其他奇异植物，于一八四六年乘船回到英国。西方世界现今所有白绒球菊花，都源自他向那个老年中国人购买然后带回家乡的"舟山雏菊"和"中国极小花"。

福钧认为那些开小花的菊花很独特又可爱，但当他把它们引进英国时，完全没有吸引任何人的注意。第二年，这种菊花横越英伦海峡，传到法国，在那儿变得非常受欢迎，于是英国人注意到了，认为这种圆形小花毕竟不能加以轻忽。

当这种花从英国传到美国时，美国人不再犹豫。它们立刻在美国人的花园和心中占有了特别的地位。这种花确实不具老式白色菊花的高傲、贵族似的模样，但没有人能够抗拒这种悦人的小绒球花。它们大量开放于矮树丛上，在下霜的早晨，使得空气中充满香料酒似的强烈气味。

现今生长在花园或温室中的菊花品种几乎数不清。源于比利牛斯山，但跟沙斯塔地方的雪一样白的沙斯塔雏菊，是一种越来越受欢迎的菊花。

也许有一天，这种平常的田野小雏菊——美国人所喜爱的外来菊花之一——会出现植物学上的奇迹，长出巨大又有多重放射状线条的花，甚至也许形成蜷曲状、呈白色、淡紫色、黄色或红色，但不会呈蓝色的花朵。尽管植物学家非常努力，但就是无法培植出一种真正蓝色的菊花。

耧斗菜（Columbine）

据说，很久以前在罗马有一个人看到这种形状古雅、像五个马刺的花，他那生动的想象力就描绘出有五只鸽子栖息在一个碟子的边缘，一起和睦地吃着食物，所以他就把这种花命名为Columbine，而Columbine是源自拉丁文Columba，意思为"鸽子"。

把这个名字引进不列颠的也许是哈德里安皇帝的罗马军队。在埃格伯特担任整个英格兰首领的安格鲁—撒克逊时代，哈德里安皇帝的军队进入不列颠，之后有很多世纪，耧斗菜（Columbine）在英格兰被称之为Culfrewort，也就是"鸽植物"。欧洲种的耧斗菜花瓣很短，像向内弯曲的马刺，此美国种的细长花瓣更像身体肥胖的鸽子。

为何耧斗菜的属名是Aguilegia？！这个问题将经常引起争论。一个很方便的说法是，这个名字是源自拉丁文aguila（"老鹰"），因为人们想象那五个弯曲的马刺状突起很像老鹰的爪。

然而，也有人说，这个字是源自aguilegus（"汲水用具"），因为五个花瓣的形状就像附在汲水用具上、带到井边去汲水的水罐。还有人说，它是源自agua和lego，即"收集水"的意思。但耧斗菜是像把优雅的水罐倒过来，使收集的水不可能冲淡五个"蜜槽"中的珍贵"甘蜜"。以后，我们可能会发现，这个字是出自我们还没想到的某一个很不同的来源呢。

美国没有国花，但争取这种荣誉的、最强有力的花卉却是耧斗菜。最重要的理由是：它平均生长在这个国家的各个部分——从太平洋海岸到大西洋海岸，从加拿大到墨西哥。

拥护它的人又增加了其他理由：

首先是它的正式名字Aguilegia，因为如果这个名字是源自aguila（"老鹰"），则它将象征"美国老鹰"。如果它也许是源自其他的字，则耧斗菜的五个马刺状突出仍然代表国鸟老鹰的爪。

然后是，它的一般名字Columbine毕竟与Columbia没有不同，而Columbia是源自Columba（"鸽子"），所以这将显示出美国对和平鸽子的偏爱。

如果这还不够，那么还有长长的马刺状突出，代表"山羊

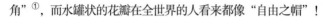

角"①，而水罐状的花瓣在全世界的人看来都像"自由之帽"！

在许多美国耧斗菜中散布最广的是Aguilegia canadensis，即"岩铃"。它们在悬崖地方或多少有阳光的阴暗角落中，上下摆动着华丽的深红色和黄色花朵。它们大量散布在从大西洋海岸到落基山小丘的地方。

俄玛哈——蓬卡印第安人知道这种耧斗菜是"黑色的芬芳植物"，因为他们使用其闪亮的黑色小种子，来为衣服提供一种悦人的香气。他们会收集一把种子，咀嚼着它们，把糊状物涂在衣服上，只要露或雨沾湿了"黑香气"，很久之后气味还是闻得到。

俄玛哈印第安人女孩有一种奇异的想法，认为这种小小的黑色种子会引起鼻子流血，而族中的小男孩会把女孩追逐到大草原，手中拿着一把压成粉状的这种种子，一有机会就丢掷在她们的鼻子下面，他们把这当成是一种乐趣。

在美国东部，说故事的依洛魁族人也许会拿一株低垂的耧斗菜，指着它鲜明的深红色和黄色外表，以及顶端形成一个圆圈的五个马刺状花瓣，说道，那本来是五个印第安人酋长，穿着染成鲜红色的丹鹿皮衬衫和黄色的平底鞋。其中一位酋长爱上一个出现在他梦中的"天空少女"。

---

① 象征"丰富"。

"我会在五棵橡树圆圈放一个梯子，"这个女孩这样答应，"你可以借由梯子爬上天空，并在你愿意的时候随时爬回来。"

黎明来临时，这名酋长醒过来，立刻热切地出发去搜寻所有地方。但他就是无法在任何地方找到形成一个圆圈的五棵橡树。由于念念不忘这个"天空少女"，他就下到另一个山谷，虽然他知道那地方是另一个酋长的打猎地。这个酋长很生气，但是当他听到这个梦以及这个诱人的少女，他也爱上了她，于是他们一起在他的领地中搜寻。

他们来到下一个打猎地，然后是第四个和第五个，每个酋长都陷入这种魔法中，一起加入寻员的工作。在最后一个酋长的土地上，他们发现了形成一个圆圈的五棵橡树。橡树无限高，在其中的一棵上，有一根多节瘤的蔓藤往上伸延，在橡树的上端消失无踪。

"是'天空少女'的梯子。"第一个酋长叫道，就向前去。但最后一个酋长把他推回去："这是我的土地，我来爬！""是我发现它的！"第二个酋长叫着。于是他们全部开始为谁应该先爬这个天梯而争吵不已。为了解决这个问题，第三位酋长拿出他赌博用的梅子果核。他们坐在地上，围成一个紧密的圆圈，以抽签的方式做决定。

"大灵"从高处俯视，很生气这五位酋长忽视自己的土地和人民，所以就当场把他们变成一朵花，也就是五瓣的野耧斗菜，从花中仍然可以看出他们挤成一个圆圈，穿着鲜红的裙子和黄色平底鞋。

现今很多花园都种植这种深红色耧斗菜，欣欣向荣地大量开花，仿佛在野生地一般。这种花是在查理一世统治时引进英国。当时一位在早期弗吉尼亚州殖民地的年轻植物学家送了一些种子给国王的总园丁和草药师。这些种子种在"汉普敦庭园"。花长出来时，极为人赞赏，于是将种子分给很多私人的园丁。

今日，纵使欧洲的平常耧斗菜——"北艾"——在美国花园中占有一席之地，耧斗菜还是在欧洲花园中种植着。"它们被加以栽种、播种在花园中，"一位早期的草药师解释，"因为花很美，颜色多样：有时是蓝色，大多数是白色，还有混合色，随大自然高兴与它的小孩怎么玩，就配什么色。"除了来自美国和欧洲的这两种野生植物，花园中也可能出现其他很多耧斗菜，也许源自远方的西伯利亚或日本，或源自美国的不同地区。

欧洲的耧斗菜有一则传说流传在里海海岸。为了证明传说的真实性，人们会摘下一朵花，指出它很像一项王冠。

根据这个传说，在古代的波斯，每一种野兽——狮子、老虎、熊、豹、狼、鬣狗——都对于自己应该成为万兽之王持强有力的理由。他们经常打斗，所以万兽之神很生气，就命令它们去和解，在日出时平和地聚集在一起，与他开会。他会在会中指定它们的王。

黎明时，它们成群走到林间空地，每只动物都在头上戴着一个王冠，认为只有自己才有资格戴王冠，戴王冠会使它们展现王者之风，可以立刻被选为王。

狮子认为自己很聪明，想到了要戴王冠。当它看到其他动物都戴着王冠大步前进，它就非常生气，所以力气增加四倍。它跃向每一只动物，击落每个王冠。当王冠落地时，它就变成一朵耧斗菜，这从花的形状可以看出来。

正当最后一朵花长出来时，万兽之神到达。只有狮子戴着王冠，万兽之神认为动物们已经解决争执，就宣布狮子为万兽之王。

很多世纪以来，这种植物被称为"狮子草本"，但这个名字跟上述波斯传说无关，而是跟占星学上的"狮子座"有关。当这种华丽的耧斗菜最盛开的时候，"狮子座"都刚好上升到天顶。

矢车菊（Corn flower）

天后茱诺不喜欢大力士海克力斯。她用尽诡计要毁了他，结果都失败，所以就让他去接受监工尤利斯修斯严厉的考验。于是，他被迫去做这位有独创性的监工很容易就想出来的所有辛苦劳动工作。

海克力斯表现出非凡的力量，勒死尼米亚的狮子，然后被派遣去杀死肆虐阿哥斯乡下的那只九头怪蛇。九个可怕的头中有八个是可以毁掉的，但中间的那一个却毁不了。海克力斯用他的棍子击断一个头，但又有两个头立刻长出来。他又击断另一个头，却又有两个头在原来地方出现。最后，他把棍子丢在一边，拿了一把火炬，烧掉所有可以毁掉的头，把另一个无法毁掉的头埋在一块大岩石下面。

当这只蛇怪的身体生气又痛苦地扭动着时，海克力斯用一支箭一再刺穿它。然后他射出这支箭，结果箭击中正奔驰而过的著名半人马齐隆。半人马很快中了箭头上九头怪蛇的血毒。但是太阳神阿波罗曾教他有关医药方面的事，他设法救了自己一命，他采集了一些蓝花，把它们压碎，敷在伤口上，很快就治愈了。

在这个源自普利尼（Pliny）的故事中，蓝色的矢车菊和半人马齐隆产生了关联，所以，我们知道矢车菊现今以Centaurea[1]为人所知。但同属Centaurea（矢车菊属）的花也包括了几种花园中的花，诸如dusty-miller（耳状报春花）、centaury（矢车菊）以及其他的花，还有很多野草类。

齐隆是"半人马"中最聪明和温和的一位。他去世后，天帝朱庇特让他成为一颗星星。希腊神话告诉我们，在另一个场合中，他使用矢车菊来治愈他在一次意外事件中所受的伤。

在拉匹色这个国度中，国王匹利梭斯刚娶了可爱的希波姐米亚，很多客人聚集在一起享受盛宴，其中也有任性的"半人马"。杯觥交错之际，这些"半人马"喝醉了，其中一位抓住新娘，企图要绑架她逃走，于是拉匹色国度的人奋起要救她，而"半人马"快速去救助他们的同志。

随后发生了一次可怕的战争。很多拉匹色国度的人以及很多"半人马"丧命了。只有齐隆没有在场，但是，当最后九位"半人马"正要逃走时，他却到达了，结果被本来针对另一位"半人马"的一次重击伤及胸部，生命垂危。他跑到

---

[1]　此字中的Centaur即"半人马"。

田野，用矢车菊的花治好伤口。

这种常见的矢车菊，即欧洲谷田中的矢车菊，其深蓝色的花混合着罂粟的亮红色，现今是最受欢迎的花园花卉之一，经过培植后出现了其他颜色——紫色、粉红色，甚至白色。

"矢车菊"是它最古老的普通名字之一，它与一种或更多的花卉共有一个名字"单身汉的纽扣"。在英国，它被称为"蓝瓶"或"蓝帽"。它最巧妙的名字之一是"穿破衣的水手"。那些磨利镰刀去收割谷物的欧洲农夫说这种花叫作"受伤的镰刀"，因为它的花茎会让收割者的镰刀变钝。它在植物学上的名称是Centaurea cyanus。

有一个年轻希腊人奇恩尼，他喜爱这种蓝色花胜过其他的花，整天都在田野中采集这种花，把它们编织成花环，供奉在他最喜爱的女神佛洛蕾（Flora）的圣坛上，让女神很高兴。有一天奇恩尼死于田野中，矢车菊散布在他四周，手中握着一个未完成的花环，于是这位女神就把他的身体变成他所喜爱的花——矢车菊。

俄国有一则民间故事，是有关一位负责照顾谷田的女神。有一个英俊的年轻人到一处田野播种麦子。以前只有上了年纪的男人才到这处田野工作，于是这个女神立刻爱上这个年轻人。但等到所有的谷子都种完后，这个年轻人就不再去了。女神注意观看，一直到麦田长成像是一片绿色与银色波浪起伏的海，于是她决定必须以某种方式引诱他到田野。

在田野的正中央，一块岩石粗糙地高耸在刚长出的麦子上方。这个女神很聪明，知道人间凡人喜爱黄金，于是她要"梦女神"托梦给这个年轻人：有一罐黄金埋在岩石旁。

那是一个很真实的梦。年轻人醒过来，就从床上跳下来，套上一件破旧的蓝色罩衫，跑到田野去。女神隐藏在岩石后面，立刻把他变成一朵矢车菊，这样，在她照顾成长的谷物时，他就可以经常在很靠近的地方了。

拿破仑于一八〇六带着胜利的军队接近柏林时，据说露易丝王后带着孩子逃到一处谷物长得很高、有遮蔽作用的田野。为了娱乐孩子们，她就编织矢车菊花环，戴在他们头上。

六十五年之后，其中一个孩子记得此事。当时身为普鲁士国王威廉的这个孩子击败法国人，在法国人的凡尔赛宫中被拥戴为皇帝威廉一世，并把矢车菊定为德国的国花。

番红花（Crocus）

在很少有其他的花开放的时节，小小的春天番红花会以清新和可爱的姿态出现。它的名字源于与它有紧密关系且很出名的花卉——秋天开花的番红花。古代的希腊人称这种花为kroke——"线"，因为它有三个像线一样的柱头。

番红花在很遥远的时期就有人培植，作为药物、佐料、香水或染料之用，所以原产地并不确定，不过一般人认为是希腊、小亚细亚，甚至是波斯和埃及。

古代的希腊人相信，每种花都一定跟神祇有直接关系——否则地球上怎么可能有这样美的东西？——所以有两则神话可以用来说明番红花。

神祇们下凡到奥林匹斯山的一处绿油油草地玩游戏，并进行赛跑。长翼的使神麦丘里当然不能参与赛跑，纵使是跑得最快的神他也没有兴趣观看，因为在他看来都是极为缓慢的。他在无聊之余就懒懒地拿起一个铁饼掷了出去，也没去注意它可能掉落在何处。

铁饼击中了柯罗克斯（Crocus），也就是女神欧罗巴的幼子。柯罗克斯立刻丧命。使神麦丘里跑过去。他发现地上沾着这个幼子的血，就把血变成一朵花，而这朵花从此以后就以这个孩子柯罗克斯称之。

"可爱的欧罗巴的披风

被吹落肩膀，身体被拖着往后跑，

一朵番红花在一手中枯萎，另一手抓紧

温和公牛的金色角。"

丁尼生（Tennyson）这首诗指涉的是欧罗巴对这位幼子的爱。在幼子去世后，她身上总是带着一朵番红花。

这是希腊人对于这种小花所提出的说明。这种花在当时极度受重视且被当作药物使用，同时在商业中扮演重要角色，但是他们并不感到满足，于是他们又提供了另一则神话。

一个名叫柯罗克斯（Crocus）的年轻人深深爱上一个快乐、年轻的牧羊女。年老的风神杰菲鲁斯走过去时看到笑着的牧羊女，也爱上了她。但她却不去注意他，因为她极为喜爱年轻的柯罗克斯。风神非常生气。为了去除他的对手，他就把这个年轻人变成今日仍以这个名字为名的这种花。然后他开始向牧羊女求爱。

但牧羊女不再快乐了，她为失去的情人感到很伤心。她再也不想与这个夺走情人的风神有所牵连。风神被激怒了，就把这个女孩变成一棵紫杉。紫杉现今仍然象征悲伤与忧愁，风儿仍然不断向它求爱。

两千年或更久以前，番红花传到意大利——意大利人无疑是与希腊人有交易关系的。基于商业目的而培植这种花，在今日仍是意大利的产业之一。普利尼（Pliny）在第一世纪时提到它，视之为当时西西里的一种重要产物。西西里人有他们自己的故事来说明它的起源。这个故事乃是相传几代之久的一则民间故事。

一个穿破衣的叫尼可拉的男孩沉重地走在布满灰尘的路上，提着一篮葡萄要到市场去卖。葡萄很美，又大又多肉，但他是一个很小的男孩，所以在拥挤的市场中没有人去注意他。

到了中午，葡萄仍在篮子中。他饿着肚子看着葡萄，但是如果没有带着钱回家就会挨打。他要再稍等一会再吃一颗葡萄。当他悲凄地坐在那儿时，一个老妇人朝他走过来。

"请你给我一些葡萄好吗？"她问道，"我没有钱，但我很饿。"

小尼可拉看着这个可怜的老妇人。她确实看起来很饿，跟他一样穿着破衣，一副很悲凄的模样。在一股冲动驱使下，他拿起最好的一串葡萄给她，而她就坐在他身边吃着。

她一颗颗吃着葡萄，变得越来越年轻，衣服也变得越来越没那么破，而且，越来越美。

"尼可拉啊，"原本是老妇人的年轻女孩说道，"把剩下的葡萄拿回到你父亲的田那儿，在那儿种植它们，一次一颗。"

尼可拉知道她想必是一位仙女或女神，毫不犹豫就听了她的话。他沿着那天早晨沉重地走过的路跑着。紫色的葡萄全都在田中种好了，他拿起篮子，准备要回家挨打，就在此时，那老妇人所吃的每颗葡萄都变成了黄金。

还不止这样。他所种植的葡萄一夜之间都变成了花，田野间遍布着番红花。草药医生叹为观止，尝试的结果发现它们是很奇妙的药物，所以尼可拉和他的家人变得很富有，他从此不必沉重地走在路上，带着一篮葡萄去卖。

其实番红花没有什么药效，但好几百年来，它都在相当程度上被视为一种兴奋剂，在很多国家中则被视为一种麻醉剂。意大利人甚至相信，只要在手中拿着一朵番红花，就会产生兴奋作用；它会活络一个人的精神，提供他力量。

这种迷信传到了奥地利，但奥地利人却很希望别人——尤其是敌人——去摘番红花。花茎被折断，花会变得很脆弱；为了补充力量，它会从摘它的人身上吸走所有的力量。

根据传说，是归来的十字军战士把番红花引进法国、德

番红花：别称西红花、藏红花，不仅可以炮制香料，还可以用其加工成染料，番红花还是一味非常珍贵的中药材，《本草纲目》中也有对其相应记载。

国和英国，这并不是因为他们想到它的价值，而是在他们发现生长这种花的国度中，这种"植物黄金"的球茎是严格禁止带出国外的。由于禁止，所以激起他们的兴趣，违者处死的威胁更增强了兴趣的程度，所以十字军东征战士才尽可能带走更多的球茎。

英国的沙佛仑·华尔登镇有一则传说：其重要番红花工业在十六世纪末达到高峰，是归因于一位十字军东征战士偷了一个球茎，藏在手杖中，为了达到这个目的竟费劲地在手杖中挖了一个洞。

秋天的番红花现今在很多花园中都占有其地位，因为它的淡紫色或白色的精致花儿很美。但它是在花园和田野中仍然有五颜六色的花儿争艳的秋天时节开放，所以它永远无法像春天的小番红花那么受欢迎，因为后者出现时，正好为厌倦了冬天的世人送上活力旺盛的春天即将来临的欢欣征象。

如果人类能够想象，这种花很早盛开是为了替他们带来希望，那是很令人愉快的事。但爱尔兰人的情况却不是如此。对他们而言，这种花是"圣华伦泰的花"，他们说，这种花这么早开放，只是为了在"圣华伦泰日"对圣华伦泰致意。所以爱尔兰人采集在二月中开放的任何番红花，带到圣华伦泰的神龛那儿。

基于这个目的，他们很喜欢黄色番红花，因为他们很清楚，仙女们完全不需要黄色的花，而紫色的番红花盛开时可以在春寒料峭的夜晚为小仙女们提供很受她们欢迎的庇护所。所以为了善良的圣华伦泰，他们不愿采撷仙女可能很需要的花。

大丽花（Dahlia）

　　一五七〇年，西班牙国王菲利普二世派遣王国之中最杰出的自然学家佛兰西斯科·赫南德兹（Francisco Hernandez），到丰饶的墨西哥殖民地去研究那个地方的植物、动物和矿物。赫南德兹在墨西哥待了六年，搜集了极多的资料，需要十六卷对开本的作品才能涵盖他所发现的东西。

　　在所出版的第一卷的一本作品中，他描述一种有八条暗红色放射线的花，阿兹特克人在祭典中使用这种花，且在当时仍视为神圣。两个多世纪之后，这种花被命名为大丽花（Dahlia），以纪念瑞典植物学家大尔（Dahl），也是林奈（Linnaeus）[①]的朋友与学生。这个名字就逐渐成为普遍的名称。阿兹特克人曾称它为"战花"。

　　在赫南德兹发现这种花后的两百年，这种植物仍然停留在墨西哥和危地马拉的野生地，其不显眼的小花几乎不为白

---

① 瑞典动植物学家。

人所注意。然后，一个在墨西哥待了很多年的西班牙神父被召唤回国。在所携带回来的珍物中有几个大丽花球根，因为他喜爱这种印第安人仍视为很神圣的小花。

他很慷慨地跟马德里的朋友们分享这些球根。就像由这些善良的神父引介到"旧世界"的很多外国品种一样，大丽花在西班牙花园中大为盛行，到处都有人种植，相当为人所喜爱。

一七八九年年初，布特侯爵夫人正准备离开西班牙回到伦敦的家时，有一位朋友匆匆赶来，带给她一些大丽花球根，作为送别礼物。她带在身上，回国后加以种植，不久就发芽，开始成长。这是大丽花第一次在英国出现。但不幸的是，所有长出来的花都枯死了。一直到一八〇四年，荷南女士

大丽花：别称大理花、天竺牡丹、东洋菊，是世界上花卉品种最多的物种之一，它的花期长、花径大、花朵多，极具观赏性。

（Lady Holland）从马德里送了种子和球根到伦敦，大丽花才在英国落地生根。

由于一七八九年是法国革命爆发的一年，而一八〇四年是拿破仑称帝的一年，所以大丽花在"花的语言"中是象征"动荡不安"。

这种小小的墨西哥野生植物在英国广为培植和接种，所以到了一八二〇年，根据"皇家园艺学会"的报道共有六种之多；但迟至一八三七年，那时的一位作家报告却指出，"大丽花虽是一种流行的花，却少见又昂贵。"

一九一四年时有大约三千种，而一九三四年时已经达到惊人的一万四千种，大部分是重瓣花。

我们都知道，这种植物最先见于巴黎很多花园中，然后才第一次传到英国。但它被引进法国的故事却可能是真实的，也可能是虚构的。

法国驻墨西哥的公使是个很有企业精神的人，非常以自己国家的福祉为念，认为如果法国能够有自身的胭脂虫，不必仰赖外国输入这种可贵的染料，那会是很好的事。于是他招来当时暂居在墨西哥，运气相当不济的同胞梅农维尔，雇用他去偷窃一些胭脂虫，并提供他丰富的资金，作为贿赂之用。

梅农维尔有了资金，很轻易获得这种红色的小虫。只是当他把小虫妥当地装在叶子中准备托运时，他才想到，它们也许就像其他有生命的动物一样必须吃东西。但是要吃什么呢？也许箱子中的香蕉叶不合它们的胃口，或者也许它们需要混合食物。

他询问为他搜集这种虫的印第安人：胭脂虫靠什么维生？印第安人竭尽所能说明：它们所吃的是Opuntia cactus（仙人掌属植物），但梅农维尔从他们夹杂着许多当地语言的少数西班牙文之中，只能了解到那是一种开红花的植物。

他看着红色的小虫，认为它们吃开红花的植物是很合逻辑的。所以，他就很高兴去到市场，买了他最先看到的红花，那是一大串大丽花。他把这些花放在箱子中，应付小虫即刻的需要。为了提供未来的食物，他借由同样的船只把市场女人为他取得的大丽花种子的球茎送到法国去。

这些可怜的小虫由于慢性挨饿而死于海运中，但大丽花却在巴黎成长、开花，法国人很高兴花园中有这种新花。

乔金教授（Professor Georgine）任职于圣彼得堡，决定到巴黎和柏林度假，他先到法国首都，很喜欢在那儿所看到的大丽花，所以就设法取得很多球根。他慷慨地与柏林的朋友们分享其中的一半，另一半他带回来，种在圣彼得堡他自己的花园中。时至今日，大丽花在德国和俄国都被称作"乔金"。

大丽花在欧洲为人所知只有一个半世纪，所以它跟中世

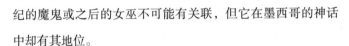

纪的魔鬼或之后的女巫不可能有关联，但它在墨西哥的神话中却有其地位。

阿兹特克人崇敬这种有八条放射线形成一排的小花，因为他们认为这种花象征了大地女神之一的"蛇女"，并将它与"蛇女"的儿子——可怕的"战神"——的诞生直接联结在一起。

"蛇女"住在一座以"蛇山"之名为人所知的山脚下。每天，她都到山的秃顶去跟一只老鹰谈话，因为老鹰负责传达"蛇女"与"天空诸神"之间的讯息。

有一天，她到达山顶，发现一株完全长成的龙舌兰在一夜之间出现了。在它又高又僵硬的树叶阴影中，有一只兔子坐在那儿等着她，嘴中衔着一朵红花。正当老鹰飞下来要栖息在她身边时，兔子从龙舌兰下面跳出来，把花放在她脚旁。

老鹰为她带来一则讯息。她必须从龙舌兰上摘下一片叶子，把花插在叶子的尖端，整夜握在她的心脏地方。"蛇女"这样做了。第二天早晨，她的儿子维齐洛波奇特利，即"战神"，就诞生了，呈现完全成长的状态，全副武装——龙舌兰那种像剑一样的叶子形成了武器——花的八条血红放射线造成了他嗜血的本性。

每隔八年，阿兹特克人会用龙舌兰和大丽花围绕在献祭的石头上，把战斗中逮捕的战犯心脏挖出来，放在这块可怕的石头上，献给"蛇女"和"战神"。

"羽蛇"魁札尔科亚特尔是墨西哥很少数的仁慈神祇之一，但这种战花却跟他也有关联，似乎是很奇怪的事。"羽蛇"这个神祇教人类有关农业、石工、雕刻、绘画、开矿和熔炼金属方面的事。

但其他嫉妒他的神祇却从不让他在同一个地方休息很久的时间。他们把他从一个城市赶到另一个城市，从一个省份赶到另一个省份。最后，他来到拉巴南，感到非常心灰意冷，就用木头筑了一个火葬堆，走进其中自焚。

他的幽灵在冥界中徘徊了四天，之后的四天"他成为骨灰"。后四天结束之后，一阵风从海上吹来，吹散他的骨灰。骨灰变成鸟飞走，他精髓部分却渗进土中，停留了八天，以具有八条放射线的大丽花形态出现。花是"羽蛇"魁札尔科亚特尔的身体，他的心已变成金星。

现今那种蔚为奇观的重瓣大丽花，跟十八世纪野生在墨西哥山脉的单瓣原始大丽花并没有很大的相像之处，跟它们的近亲——容易附着在漫步走过秋日田野的人身上的那种花——也完全没有相似之处。

亚麻（Flax）

我们在童年时都听过这个故事，穿着杂色外衣的年轻约瑟夫被卖到埃及，最后，当他获得法老的喜爱时，他就"穿上高尚的亚麻衣"。这样说来，亚麻的种植、纺织和编织可以追溯到世界历史相当久远的年代。

这种学名为Linum usitatissimum的亚麻，为亚麻衣提供了纤维，为亚麻籽油和药剂提供了种子，因此为人们大规模种植。它也见诸花园中，其为人赞赏之处是茎部的飘逸可爱，那繁盛但只开一日的花呈现美丽的蓝色。

基于实用目的，它在埃及已被种植四千年以上，在很多非常古老的墓碑壁画中有所描绘。公元前七世纪，有一位希腊作家把亚麻籽仁列为他那个时代的重要食物之一。八个世纪之后，普利尼说，烤过的亚麻籽是罗马人很平常的食物之一。

亚麻在查理曼大帝之前就传到北欧。但查理曼大帝的鼓励——每人种植多少面积的亚麻以及多少面积的药用锦葵，都可以获得奖赏——又为它提供了一种新的动力。于是，它就伸延到了挪威和瑞典两地。

但在北欧的民间传说中，第一位把亚麻提供给世人的是女神呼尔妲（Hulda）。

呼尔妲的主要乐趣之一是下凡到尘世，观看女人忙着纺织和编织羊毛。有一年，她在仲夏下凡，看到女人们闲着无事。

"为何你们不纺织？"她问道。

"哎呀，要等到可以再度剪下羊身上的毛时，纺锤才可以派上用场。"

她挥挥天神的手，于是地上遍布了完全长成的亚麻。然后她教导女人们如何收集纤维，加以纺织以及如何把丝线编织成亚麻布。

北欧的呼尔妲是一个天空女神，但提洛尔地方的希尔妲（Hilda）却住在遥远的山脚下，其入口是有欢乐的小精灵守护着的洞穴。当亚麻田野盛开着花时，希尔妲就走出山洞，由一群仙女陪伴着，在山谷中来来去去，为田地祈福，因为只有这样，田地才会生长非常美好的谷物。

隆冬时，她又出来，这一次是造访人们的房子，看看他们有没有荒废纺织与编织，奖赏勤劳的人，惩罚怠惰的人。

在这样一次冬天的造访中，希尔妲走进一个老妇人的小屋。老妇人很穷，没有可以种植亚麻的田地，没有纺锤可以纺织那些在其他田地收割完之后她去收集的散乱花茎。破旧的小屋中几乎没有任何食物，但她把仅有的一点点东西拿出来，放在这位女神和她的仙女们面前。

"我们不会吃凡人的食物，"希尔妲说，"但你心肠好，会获得奖赏。"

女神挥挥手，穷女人的眼前出现一个织布机，是人们不曾看过的那一种，旁边是一球永不会用尽的亚麻线。

老妇人不相信自己的眼睛，坐在织布机前，眨眼之间就织出最精致的布，而那球亚麻线并没有变小。从那天后，这位农妇就变得很出名，因为她织出美丽的亚麻布，又慷慨地与穷人分享滚滚的财源。她最后去世时，织布机和亚麻线都消失不见，好像不曾存在过。

在波希米亚，一星期有六天的时间亚麻都受到一个女神仁慈的保护，但在星期六时，它属于魔鬼。这一天，人们不得采集美丽的蓝色亚麻花，不得收割亚麻茎来制造纤维，不得纺织或编织，否则魔鬼很快会去处罚那些触碰亚麻的人，因为那天亚麻是属于恶魔的。

为了证明这一点，有个关于两个老年姐妹的故事流传着。这两姐妹很为自己织得很优美的亚麻布感到自傲。某个星期六早晨，她们以渴望的目光看着闲置的纺锤以及旁边的大团纤维。那天是魔鬼的日子，但到了中午，其中一位姐妹再也忍不住了。也许魔鬼永远不会知道呢！于是整个令人愉快的下午她都在纺织着——结果她从纺锤旁站起来时就猝死了！

另一个姐妹去参加葬礼，悲伤又孤独，非常心烦意乱，所以当她最后又坐在自己的纺锤旁织布时，竟不知道那天又是星期六。黄昏来临，她站起来点蜡烛时，死去的姐妹却站在那儿，全身炽燃着火焰。

"魔鬼派我来，"她呻吟着说，"让你看到那些在星期六纺织的人的遭遇。"

像亚麻这么古老的草本植物，免不了会浸淫在累积千年之久的迷信中。

在古代的埃及，亚麻象征太阳的光线，它开出五个花瓣的蓝花。为何象征太阳的光线？这点并不很清楚。但从这种古代的象征中就孕育出了中世纪甚至现代的想法：亚麻代表有活力的生命和成长。

一直到近几年，巴伐利亚地方都还有一种春天的习俗，那就是，把生病的婴儿放在一片锄铲过的土地上，将亚麻籽撒在他的身体以及四周的土地。他们坚信，种子发芽后，生病的婴儿会获得力量，从此以后甚至会像亚麻那样繁盛。

也许，基于亚麻和阳光的这种关联性，意大利南方的人就有了一种奇异的想法。在炙人的烈阳下工作太久的葡萄园工人会有头痛的现象，其治疗方法是借由一种仪式。

他们把一球亚麻线放在一个光滑的黄色盘子正中央，

盘子平衡在这个人的头上。"头痛"会误以为闪亮的黄色圆盘是太阳，就会受到诱引，向上移动，穿过盘子，进入亚麻绳，陷在那儿，无法逃回这人的头中！然后把亚麻绳很快烧掉，如此，源自热气的头痛就又回到热气。

女巫无法忍受开花的亚麻，会逃离它。所以人们都在门口铺石旁种植亚麻，作为防止女巫的符咒。人们每天早晨把一朵新开的亚麻花系在母牛的角上，因为每个人都知道女巫特别喜欢去蛊惑母牛。

害怕亚麻蓝色花的女巫，很喜欢把亚麻种子丢进自己的大锅中，所以她们就跟农人约好：如果农人将一把在月黑时收集的亚麻种子放在一块石头上，她就不会去伤害他。

约克郡的人有一种奇怪的想法：除非播种亚麻籽的人先在袋子上坐下三次，然后面对东方打开它，否则亚麻就不会丰收。为了保证确实有很好的收成，一些偷来的种子必须混合以其他种子。

Linum是亚麻的古典名字，与line——线或绳——是同一字根。亚麻flax的安格鲁·撒克逊语是fleax，其本源并不确定，但一般人认为是源自哥德语，意思是"编成辫"，暗指"编织纤维而成为绳子"。

现今花园中有十几种亚麻花。最受欢迎的一种是来自北非的开花亚麻，其华丽的花朵从野玫瑰粉红到艳红、绯红、深红，不一而定。维吉尼亚州的亚麻开金黄色的花，而草原亚麻的花则是清澈的天蓝。

普尔斯（Pursh）把草原亚麻命名为Linum lewisii，是为了纪念梅利维色·雷维斯（Meriwether Lewis），因为普尔斯曾在华盛顿研究雷维斯的样品。印第安人收集亚麻籽，加在炖肉上，不仅因为亚麻籽营养丰富，也为炖肉提供一种可口的风味，特别是在猎物很稀少而必须煮蚱蜢、蚂蚁、蟋蟀和蜜蜂的时候。

当古代的希腊人和罗马人在吃烤亚麻籽，视之为上选的可口食物时，大海的对面这个未为人知的大陆①上的原始人无疑已在吃煮沸的亚麻籽，视之为真正的必需品。

① 指美洲。

勿忘我（Forgot - me - not）

非常奇怪的是，透露美丽回忆情怀的勿忘我，无论是在英国或法国，都是一直到十八世纪末才被人这样称呼的。

在欧洲其他国家，它从最早的时候就在不同的语言中以"勿忘我"或"记得我"为人所知，但在英国和法国，它却被称为"鼠耳"，暗指它毛茸茸的柔软特性和其叶子的形状。在英国，它也被称为"蝎子草"，因为花茎蜷曲，像一只愤怒蝎子的尾巴。

当然，英国并没有蝎子。十六世纪英国的草药师也许不曾看过蝎子，但是他们却很巧妙地从普利尼、迪欧斯科利德斯（Dioscodides）以及其他早期作家的作品中窃取资料，因为他们的作品充满有关被蝎子蜇伤时如何治疗的提示。

因此，蝎子这种小小的热带动物在英国为人所熟知。一些粗糙的图像总是显示出蝎子的尾巴在愤怒中蜷曲着。所以"勿忘我"蜷曲的花茎立刻使人想起蝎子，而这种植物就变成了"蝎子草"。

当"勿忘我"这个名字在威尔士为人接受时，很快就有一则说明这个名字的传说出现了。

在威尔士的格拉摩根山中有很多仙女，人们时常可以看到她们。根据传说，她们把一堆黄金放在一个山洞中，但没有人提到她们把一朵"勿忘我"蓝花放在黄金旁边。人们冲到山洞，争夺宝物，把金块攫取殆尽。他们看到了这朵"勿忘我"以美丽的黄色眼睛望着他们，但他们全都不去理会它。

他们颠踬地走出去，口袋中塞满了黄金，此时花中有一个小精灵的声音叫着他们："你们把最好的留下来了！勿忘我！"但他们仍然不去注意。然后，山的两边怒冲冲地撞挤在一起，人和黄金都埋在其中，但这朵花却一直成长着，后来就出现在土地上方，并且那个声音仍然对着每个过路的人叫着："勿忘我！"

当法国人终于接受"souvenez-vous-de-moi（勿忘我）"，他们又加上一种情怀"plus je vous vois, plus je vous

勿忘我：别称星辰花、匙叶花，喜爱阳光、耐旱，除了具有很高的药用价值与食用价值，其本身就包含了很多关于"爱"的含义。

aime（我看到你，我爱上你）"。但他们现在回归到"勿忘我"的原来名字myosotis——"鼠耳"。

在德国，这种花一直叫Vergissmeinnicht[①]（"勿忘我"）。至于它如何传到德国以及为何叫"勿忘我"，有一则莱茵河西部地区的传说可以说明。

在艾菲尔山脉中有一个美丽的女山妖，住在山脚下的一个洞穴中，因为她的父母是地精。但这个女孩不喜欢自己的地下世界。只要有机会，她就溜出来，在一处多草的幽谷中躺几小时之久，着迷地注视着湛蓝的天空，因为天空是那么不同于她阴暗的洞穴顶。

有一天早晨，一个护林员发现她躺在那儿。他坐到她身旁，把有关自己世界的事情告诉她，同时他也了解到她与地精在山脚下的生活。他每一天都去，他们越来越喜欢对方。但她是女妖，而他是尘世的人。她相当嫉妒他可能会爱上的尘世少女。

她的地精父亲对于她长期不在洞穴里感到很好奇。有一天，他从洞穴出来跟踪她，发现她被抱在年轻人的怀里。

"回到洞穴去！"他生气地尖叫着。

她只是更紧紧地依附在情人身上，宣称永不再回到山脚下。

---

① 原文版是错字。

"不准，"生气的地精怒斥她，"永远不准！"于是，他轻拍手杖，把她变成一朵花，蓝得像她所爱的天空，眼中露出嫉妒的黄色。当这个小女妖感觉到自己身上发生变化时，就对这个年轻人叫道："勿忘我！"

"不会的，"她的地精父亲叫着说，"他永远不会这样！"然后他轻拍护林员的手臂，把他变成一条山溪，在她脚旁流着，永远匆匆赶着去寻找她，却发现她只是被迫继续匆匆前进。

莱茵河西部地区的人又补充说，每个人都知道，如果"勿忘我"长在流动的河水旁，则会臻至最美丽、最完美的状态。

意大利人有一个传说。一个年轻女孩的未婚夫遗弃了她，投到另一个女人的怀抱中，于是她跳进河中溺毙。诸神可怜她，就把她变成一朵勿忘我，长在男人时常去游泳的河岸上，希望他看到她动人的美，永远不会忘记她。

最美丽的传说之一来自罗马尼亚。

一条河流的岸上长满蓝蓝的"勿忘我"。有一个少女坐在中间，采集着花，把它们编织在长长的金发中。一个男天使刚好俯视下方，看到她在那儿，就爱上她。由于他爱上一个尘世的少女，所以他就被驱离天堂。

他坐在天堂大门外面很伤心地哭泣着，所以天堂守门人圣彼德可怜他，就对他说，如果这个少女在世界各地种植勿忘我——因为当时勿忘我只长在这条罗马尼亚河流旁——他就可以再进入天堂。

这位天使飞下去，告诉女孩他爱她，他被驱离天堂，以及圣彼德承诺他的事。于是，他们手牵手一起出发，把勿忘我种子散布在河岸旁，让世界上所有的国家都可能知道这种可爱的花。

当他们完成工作时，圣彼德对于他们的热诚甚感欣慰，所以他也允许女孩进入天堂。天使和少女手牵手穿过用珍珠装饰的天堂大门。

最为人知的传说是有关两个在多瑙河旁漫步的情人。女孩看到一朵蓝花被急流冲离河岸，在旋涡中顺流而下，花的光鲜亮丽在泥泞的水中很是显目。

"多么可惜啊，"她叹息着，"这样一朵可爱的花竟然遭遇如此残酷的命运！"

她的情人一时情急，从高高的河岸跳进河中，要去救这朵花。在他抓到它时，发觉水流太湍急，一直无法游上岸。但他努力设法靠近，把花丢给女孩。当水把他淹没时，他叫着说："勿忘我！"

欧洲的农人都认为，在发生战争时，深红色的罂粟和蓝色的"勿忘我"会在战场上开放，而罂粟是源自浸透土地的血，勿忘我则提醒人们不要忘记被杀死的人。

意思是"鼠耳"的myosotis，是"勿忘我"的类名。其早期的常用名字之一是"钉子草"，因为仁慈的铁匠都会在把钉子钉在马的蹄铁之前，先把这种花缠绕在马鬃上，认为这样会让马免于痛苦。

是否有任何人曾用"勿忘我"汁淬炼优秀的钢刀呢？文献上并没有记录，但至少有人认为，"勿忘我"的汁液中有一种特性会使钢变得坚硬，让最尖锐的钢刀与刃劈开铁或石头，不会因此弯曲。其过程很简单，只要把钢刀加热到红热的程度，然后在"勿忘我"的汁中骤冷，如此重复几次。

小myosotis（"鼠耳"，即"勿忘我"），在历史上是有其地位的。当理查二世感觉自己的王座岌岌可危时，他为了稳固王位，就于一三九八年放逐堂弟亨利。第二年，亨利的父亲去世，亨利就成为兰卡斯特公爵，开始厌倦放逐生涯。

于是他采用"勿忘我"——在当时是暗示"螫伤"的"蝎子草"——作为标志，回到英国，逮捕并囚禁理查。惊慌的议会成员很快罢黜理查，而亨利则继位成为亨利四世，也就是兰卡斯特宫廷的第一位英国国王。

但王位仍然不稳定，于是监狱的门被打开，王室的囚犯理查二世突然神秘地死去。人们耳语相传，说是被亨利或他的一些"蝎子草"拥护者所谋杀。

指顶花（洋地黄）（Foxglove）

在安格鲁—萨克逊时代，有一种人们所喜爱的乐器名叫gliew，是一种弧形支架，上面挂着可以发出各种声调的铃。指顶花像高高的花茎垂挂着铃形花，因此被称为foxes-glew[①]，然后人们在疏忽中把它拼为foxes-glow，但这个字似乎没有意义，所以又很容易被拼成foxes-glove[②]。

这种花与狐狸产生关联，而不是兔子或任何其他野生动物，其历史遥远所以没人知道其起源。也许有人认为，狐狸在轻轻穿过露水时，覆盖着这种紫色手套状的花，以免它有软毛的爪被沾湿。

然而在北欧，这种低垂的管状花，并没有被描述为手套状，用来遮盖狐狸美丽的脚爪，而是被描述为替狐狸发出音乐的铃。有很多世纪，这种植物是以"狐铃"为这些北方人所知，而挪威有一则传说说明了原因。

---

① 其中的glen拼法接近这种乐器gliew。

② 即指顶花的现代拼法，字面意思是"狐狸手套"。

059

他们说，很久以前，阻止魔鬼和其他恶灵进入房子的最有力符咒是把狐尾挂在门的上方。每个人都急于拥有这种安全措施。已经有一个狐尾的人，还会去寻觅另一个，作为双重保障。所以人们以残忍的方式猎取狐狸，最后几乎所有的狐狸都被杀光了。

少数幸存的狐狸聚集在一个远方的洞穴，讨论它们的处境，但是它们似乎无能为力。尽管它们很狡猾，有强烈的嗅觉，行走的速度很快，却不是猎人快箭的对手。

它们在绝境中诉诸照顾动物的神祇。于是这些狐狸离开洞穴时，整个森林和草原都长出挂着点状铃又很高的花朵。这样，狐狸一旦被追逐，在掠过这花茎时，就会碰响铃，如此警告其他的狐狸。

猎人在听到"狐铃"发出声响时，会被陌生、怪异的音乐所惊吓，跑回大小屋，把门关紧，认为外面确实有魔鬼。如此，森林的动物就过着安宁的生活，而人们从此也用药草作为防止魔鬼的符咒。只是，当狐狸不再遭遇进一步的危险时，诸神就不再让铃发出音乐了。

在威尔士，指顶花以"恶魔的手套"为人所知。人们说，这些小恶灵会在夜晚来到花园，在想要作怪时就在指头上装饰"花铃"。恶鬼很喜欢到某一座花园取得"手套"，因为那位照顾花园的女人特别为他们种植这种花。他们不曾伤害这个好女人。事实上，他们与她的关系相当友善，所以当一个有月光的夜晚，她的丈夫没有从远方的市集回来时，她就要恶鬼去寻找他。

丈夫沉重地走在回家的路上，很不幸遇到"山中老妇人"。她是一个可怕的丑老太婆，总是穿着长长的灰色披风，戴着一顶四角帽，拥有力量强迫人们跟着她走到她所引路的任何地方。这个男人违反自己的意思，转身跟她走，非常清楚她会引路到一个又深又宽的缝隙，她会飘越过去，但男人会落进其中，在下面变得粉身碎骨。很多人都是这样丧命的。

"山中老妇人"没有说话，只是引路直接前往位于缝隙旁边的悬崖。当她踏上宽阔的岩石，准备要跳过去时，树丛中却冲出恶鬼，在她身旁围成一圈，被"恶鬼的手套"遮蔽着的手牵在一起。这个神奇的圈子破解了符咒。这个男人获得了自由，奔跑回家找妻子。第二天，这位好妻子挖起玫瑰、百合以及紫罗兰，在整座花园中种植了"恶鬼的手套"。

在约克郡，女巫使用手套。在那儿，手套被称为"女巫的嵌环"。在苏格兰，"蓝铃花"被称为"老人的铃"，指顶花则被称为"死人的铃"。任何人听到它们发出声响，就大可以跟生者说再见了，因为某一个死去的亲人已经要来接他去另一个世界了。

在爱尔兰，指顶花被人称为"仙女帽"，因为当仙女在月光中嬉戏时，她们的头上都装饰着这种漂亮的花。它们也被称为"仙女铃"，因为会有一位殷勤的小仙子坐在花茎旁，摇动着它，为仙女们的舞蹈提供欢乐的音乐。爱尔兰人说，花茎之所以弯下来，并不是因为铃很重，它是在向仙后敬礼。仙后可能是凡人看不到的，但她却是在附近某个地方。

在遥远的古希腊与罗马时代，指顶花叶子的有毒汁液被用来治疗痉挛与瘀伤。但当福齐斯（Fuchs）于一五四二年写出他的医药植物志时，却发现这种植物没有科学上的名字，只有普遍的名字被人混乱地使用，令人困惑。由于在福齐斯自己的国家中，这种植物叫"指头帽"，意思是"嵌环"，所以他就为它取了现今仍然使用着的类名"洋地黄"（Digitalis）。

在"米德华地方的医生"还没有在大约一二三〇年写出他们的植物志之前的几世纪之间，指顶花的药物使用在整个欧洲非常普遍。但是有一则威尔士传说指出，这些有名的"米德华地方的医生"最先开出有关这种叶子的药方，而他们是以一种神奇的方式获致这方面的知识。

年轻的黎华隆有一天晚上在米德华湖旁边散步，忽然有一艘金色小舟从漂浮在湖水上方的雾中出现。一个留着金色长发的少女用金色的桨在划着小舟。有一会儿，年轻的黎华隆说不出话来，然后他叫她上岸。但她却慢慢转动小舟，划回雾中。

第二天晚上他又去湖边，再过一天晚上他也去，却看不到这位"雾少女"，所以他就去请教一位占卜师。

"你有给她奶酪吗？"智者占卜师问道。

"当然没有！"

"她就是要奶酪。带一些奶酪到湖边吧。"

黎华隆那天晚上赶紧带着一大块奶酪到湖边。那艘金色小舟真的从雾中出现，那少女划到岸边去接受他给的奶酪。他以很简短的方式求婚，不久她就成为他的妻子，一起快乐地过了很多年。

他们生了三个儿子。最小的一位刚长大成人，母亲就把小舟划进湖中，不久之后回来，带着一个魔盒，用铁制成，铰链镶着珠宝。

"我有三个儿子，"她对黎华隆说，"我今天知道一件事，如果你在我身上敲击三次，我就必须回到雾中，永远不会再出现在这世上。万一这件事发生，就把这个盒子交给儿子们。"

黎华隆喜爱他的美丽金发妻子，从来没有想到过要敲击她。但第二天早晨，当他进入厨房时，却发现早餐没有准备好。

"亲爱的，快一点，我必须赶到田里！"然后，他深情地拍了她的肩膀三次。

立刻有一团云包围她。等到云散后，她已消失。黎华隆在哀悼她时，三个儿子打开魔盒。盒子中有一张表，列出所有的药草，包括有毒的指顶花，加上使用方法。有了这种知识之后，三个儿子就以"米德华地方的医生"而出名了。

这是传统的说法。历史则告诉我们说，黎华隆死于一二三三年，是南威尔士统治者"声音嘶哑的莱斯王子"的私人医生。在这个王子的赞助下，黎华隆和三个儿子研究植物，包括在医药方面很有用的指顶花，并在一本医药植物志中写出他们的发现，原来的手稿现今在大英博物馆中。

指顶花的爱尔兰名字之一是"伟大的药草"，因为它具有高度价值的治病特性。但在那些日子中，它只被使用在身体的外部。重要的心脏兴奋剂和镇静剂"洋地黄"一直到十八世纪才普遍为人使用。

很久以前的一位英国诗人认为这种铃形花是牧神的一个情人的手套：

> "为了不让她纤细的手指暴露阳光中，
>
> 牧神时常跑着穿过草原中，
>
> 从花茎上采撷有斑点的指顶花儿，
>
> 把它们整齐地放在她的指头儿。"

唐菖蒲（Gladiolus）

唐菖蒲的原文gladiolus的意思是"小剑"，意指这种植物的叶子形状像剑。

有一则神话涉及这种花的显眼花瓣，神话的主体并不是一把小剑，而是一把原始的斧头。

在色沙利地方，有一座献给谷物女神的丛林，而谷物女神最喜爱的树木仙子则住在这座丛林最深处的一棵庄严的橡树中。崇拜者每天都去跪在延伸得很广阔的树木下，对女神祈祷着。

在离这儿不远的地方住着一位名叫伊利希松的恶人。他不信仰任何一个神。为

唐菖蒲：别称剑兰、菖兰、扁竹莲、十样锦、十三太保，它与切花月季、康乃馨和扶郎花被誉为"世界四大切花"。唐菖蒲颜色十分丰富，各色的剑兰都有着其独特的含义。

了表示他的轻蔑，当他需要柴薪时，就到这座神圣的丛林，砍伐女神最喜爱的橡树。

当他高举着斧头前进时，一群崇拜女神的人就散开来。他这种故意亵渎神圣的行为让他们感到很惊恐，而小树木仙子也确实非常惊慌。

"不要伤害我！"她叫着，"谷物女神会惩罚你的！"

这个恶人笑着，他的斧头砍进树皮中。血从树中喷出来。

"停下来！"一位女神的崇拜者叫出来，跳向前，要去抓住他的手臂。

伊利希松用斧头击倒这个人，砍下他的头。在他的血渗进土中的地方，一朵剑兰迅速出现，花瓣上出现"悲"这个字——为小树木仙子悲，为这个被击毙的人的朋友们悲，尤其是为这个亵渎神圣的人悲。

这个人砍橡树，收集了柴薪，抱在手臂中，昂首阔步走到自己的房子，惊慌的女神崇拜者向后退，让路给他。

谷物女神很快就采取处罚的行动。她命令"饥荒"进入伊利希松的身体内。从那个时刻起，他只经历到折磨——总是感到饿，饿得很折腾，饿得痛苦难忍。他越吃越饥饿。他本来是一个富有的人，但他的钱不久就用光了，全花在食物上，花在更多的食物上，但他仍然很饿。

由于手边没有东西，他就卖了年轻的女儿，用所卖得的钱来买食物。女儿是一个可爱的女孩，买下她的人是一个很可怕的男人，所以诸神为了救她，就把她变成一只鸟。但是当她飞回家，重现人形时，她挨饿的父亲便又把她卖掉。

这一次，她回家时是一只鹿。当她再度被卖时，她就设法逃走，跑到神圣丛林那儿，请求谷物女神帮助。谷物女神把她变成一株剑兰，站在她父亲所杀死的那个人旁边。

伊利希松的女儿没有回来，他又没有食物吃，也没有钱，他对食物的渴望变得难以忍受，他只好开始吃自己。

从奥维德（Ovid）的作品中，我们知道有关被杀死的雅辛托斯（Hyacinthus）以及从他的血中所出现的紫色"风信子"（hyacinth）①的故事。有人说，显眼的花瓣上出现"悲"字的风信子，其实就是剑兰。但或许它就是风信子，也或许是蓝色鸢尾花。

无论奥维德作品中的"风信子"可能是什么，希腊人和罗马人都认为剑兰是一种悲剧性的花。

但是没有人会将悲剧和今日我们花园中的剑兰联结在一起，因为它们和古人所知道的剑兰几乎没有关系，甚至完全没有关系。在我们花园中的"剑兰"祖先主要是来自南非。开红黄花的鹦鹉剑兰、白色的非洲剑兰，以及鲜红的新年剑

---

① 源自"雅辛托斯"的原文。

兰，是身为祖先的南非剑兰中很出名的。但无数种类的剑兰中，一些剑兰的结构确实带有点欧洲的成分，还有一些则有西亚或热带非洲的成分。

十六世纪的草药师知道剑兰是"剑形菖蒲"，我们在今日时常听到这个名字。之所以说"剑"，是源于叶的形状，之所以说"菖蒲"，是因为它跟时常称为"菖蒲"的鸢尾花有关。在欧洲，其他常见的名字是"剑形百合"和"小麦百合"。

天芥菜（Heliotrope）

在古代靠近雅典的地方有一种花，当太阳在早晨过一半的时刻照耀在天空时，它会面向东边，然后逐渐抬高，最后在下午较晚的时候朝西方低垂。雅典人称这种花为heliotrope，即"随着太阳转"。这样一种现象很是奇异，需要一则跟太阳神有关的神话来解释。

柯丽提是一个水仙子，她很不幸爱上太阳神，每天都会从池水中出现，坐在岸上，注视着太阳神的战车开上炽燃着的东方，以仰慕的姿态转动她的脸，眼光紧紧跟着战车越过天空，直到它在火焰似的西方消失。但太阳神却一点也不喜欢这位为他害相思病的仙子，不曾看她一眼。

她失望地坐在岸上九天九夜之久，甚至拒绝进食，拒绝喝水。诸神出于同情心把她变成一朵花，就是"天芥菜"，脸孔可以一直看着太阳。

这种古代的花在奥维德的作品中有所描述，但不曾被确认。有人说它是太阳花，有人则说它是土木香，还有人说它是海甘遂，但这些花都不会紧跟着太阳的行程而动。我们现在称之为天芥菜的芬芳花园中的花也不会如此。除外，这种植物并不为古人所知，因为它只生长在"新世界"。它是一七三六年在秘鲁被法国植物学家玖休（Jussieu）所发现。

一七三五年时，法国派了三位科学家到基多去衡量子午线的一个圆弧，而约瑟夫·德·玖休刚跟他们同去研究安第斯山脉地区的植物群。

玖休在追寻秘鲁安第斯山脉的稀有植物时，遇见了一种蔓生草本，开淡紫蓝色的花，香气扑鼻。他加以检视，发现它与欧洲的天芥菜Heliotropium europaeum有关，就把它命名为"天芥菜"（heliotrope）①。

天芥菜：别称苦龙胆草、鸡疴粘、土柴胡、马驾百兴、草鞋底，有较为有效的药用价值。

---

① 这个原名即Heliotropium europaeum两字中的前一字。

玖休花了十五年的时间在安第斯山脉四处走动，搜集了非常可观的奇异植物，非常辛苦地加以照顾，包括了一些小心压干的天芥菜标本。正当他非常满足于自己的辛苦努力，准备坐船前往巴黎时，他所收集的所有东西却遭偷窃。这对他而言是很大的打击，整个人都疯掉了，情况很严重，就在这种情况下被带回国。

但是很幸运的是，这种芬芳的天芥菜并没有在安第斯山脉中为人遗忘，因为玖休在发现它不久后曾把它的种子寄到巴黎。这种花立刻在那儿大受欢迎，也许是因为它的香草香气具有令人陶醉的作用。但巴黎人称它为"爱之花"。

天芥菜从巴黎渡过英伦海峡到英国。这种来自西方世界的植物又从英国回到西方世界，受到美国人的喜爱，成为老式花园中的特色花卉之一。

欧洲有它自己的天芥菜品种，在玖休把这种芬芳的花园天芥菜提供给这世界前好几世纪，就为人所熟知。其中有一种，由于花头呈曲线形且被认为会随着阳光而转动，所以被早期的植物学家称之为"蝎尾天芥菜"，显然具有某些神奇的特性，因为亚尔伯特斯·玛格纳斯（Albertus Magnus）曾要人们在八月采集它，跟一根狼牙一起包在一个干月桂叶中。他说："如果将它放在枕头下，那么遭人抢劫的人就会知道被抢劫的东西在哪里，以及是谁抢劫了东西。"

蜀葵（Hollyhock）

几千年前的中国养蜂人观察到，他们所养的蜜蜂会在一种高高的玫瑰红野花四周狂喜地飞舞着，钻进它的花中，毛茸茸的腿部沾满丰富的花粉。在这种野花开花的整个花期，蜜蜂都舍弃其他花，只寻求这种花，所以精明的中国人就采集它的种子，种在靠近蜂巢的地方，增加蜜蜂的收成。

就这样，基于实用性，蜀葵第一次为人所培植。也许大约有两千年之久，它只为了蜜蜂而种植，只是具有审美眼光的中国人，想必在那时就已经很喜欢这种在蜂巢旁盛开的鲜艳花儿。

Althaea是蜀葵的类名。它跟药蜀葵Althaea officinalis有紧密的关系。从第一世纪的迪欧斯科利德斯到往后的好几百年，药蜀葵都被认为具有奇妙的治病效用。它的希腊名字althaea意思是"治疗"。

当这种药用蜀葵被传到英国时，不久就被称为"踝关节叶"①，因为它的叶子被使用来减轻马的踝关节或人类脚踝的肿胀——踝关节（hock）这个字在古老的撒克逊语中是治疗（heal）的意思。当英国人最初接受蜀葵时，为了将这种蜀葵跟为人熟悉的"踝关节"（hock）加以区分，这种花就成为"圣—踝关节"（holy-hock），因为据说它是从"圣地"传到英国的。

中国蜀葵早在一五七三年就在英国种植了，但也许早在这之前，种子就被从地中海沿岸诸国带到英国，因为蜀葵的原产地除了中国之外还有叙利亚、土耳其和希腊。普利尼在第一世纪时就很熟知这种植物，把它描述为"一种玫瑰长在花茎上，像锦葵一般"。当它在十六世纪从叙利亚传到法国时，法国人称它为"大马士革玫瑰"。

中国蜀葵的五个花瓣呈深度淡粉红，来自地中海沿岸诸国的蜀葵则是白色或红色。英国的园丁不久就从地中海沿岸诸国的蜀葵中培植了很多色调的粉红蜀葵。殖民者在美国定居后不久，他们的花园中就有了这种外表很堂皇的花，仍然是单瓣的——因为重瓣的花要在很久以后才出现——且是白色、粉红和红色，其中粉红色是最常见的一种。

在英国的西部乡村，小屋花园如果没有种植一排蜀葵，

①　蜀葵的另一种叫法。

有模有样地靠在篱笆上，或沿着石板路排列，或靠在小屋墙上晒阳光，花园就不算完整。那儿有一则传说，其起源与震怒的仙女有关。

英国西部乡村的人说，在怀伊河流进宽阔塞文河的地方，每个"仲夏日"时会有一个美丽岛屿神奇地出现。在河岸上可以看到一座有角塔的城堡为树木和花所围绕，鸣啭的鸟儿四处飞翔。

在人们站着的岸上一块岩石旁，有一个进入大理石墙隧道的入口。在"仲夏日"，从日出到日落时间，人们都可以穿过水面下的隧道，在神奇的岛上度过那一天。他们待在这个可爱的地方，日子过得很快乐，所以他们整年都很渴望来造访这个仙岛。

他们看不到仙女，但有隐形的音乐在娱乐他们，有隐形的手在补允城堡厅室中盛宴餐桌上的佳肴。客人可以漫步穿过城堡或在四周的地上漫步，他们可以吃树上的果实，或采撷可爱的花朵。但有一件事他们不能做。岛会在日落时消失，他们在这之前离开时，不得从岛上带走任何东西，甚至最小的东西也不行。

大家都了解这个不能违背的规定，享受仙女好客之情的人都很小心地遵守。

但是有一年，客人中有一个顽皮的小女孩。她整天都在花园四周玩耍，非常快乐。等到回家的时间一到，她圆胖的手臂抱满了花。她的母亲向她说明规则，好让她在她们进入隧道之前把所有的花放下，但小女孩很生气地在后面走着，抓起一朵花，塞进粉红色围裙的口袋中。

太阳快西下了，她母亲抓着她的手，催促她穿过隧道。她们走到外面的河岸时，母亲发现自己抓的是一片粗糙的叶子，她惊慌地往下看，就在她眼前，她的小女儿正要变成一株蜀葵，粉红色的围裙则成为粉红色的花茎。

从此"仲夏日"那天不再有一座仙岛出现在河中，水下也没有仙女隧道，甚至岸上的那块石头都再也找不到了。

在爱尔兰，也是仙女们创造了蜀葵。

在南方的崎岖群山的山脚下，有一个矮小的老妇人独自住在茅草屋顶扭曲的可怜小草皮屋中。一位邻居凑巧找她闲谈，发现她濒临死亡的境地，于是赶忙去找村庄的神父。但神父到达时，老妇人只会含糊地说些有关仙女和绿色小矮人的事。

"愚蠢的女人啊，"神父责骂她，"没有所谓的仙女，至于小精灵——"

就在他说出"小精灵"这个字眼时，一个绿色小矮人出现了。

"仙女之王对你不高兴，"他说，"因为你不相信有仙女。但你是一个好人，所以他在处罚你之前，要先跟你谈谈。他命令你明天中午在'诺伯森林'深处与他见面。"

小精灵消失了，而神父茫然地走回去。当然是没有仙女或小精灵的——但他却已看到一个了！他要去'诺伯森林'吗？那是一个闹鬼的地方。有人一直看到鬼魂在树木中掠过，并且已有很多年没有人进去过了。但有一条人们走出来的小径通到深处的林中空地，因为有羊到那儿吃草，但甚至羊也很小心，在黄昏之前就离开。

第二天早晨，神父大胆地沿着这条羊径走着。他的武器是一瓶圣水。到达林中空地时，他在惊奇中停下来。空地的中央耸立着一座巨大的大理石城堡。有一大群人列队聚集在吊桥旁，穿着飘动的粉红色和白色衣袍的美丽女人四处漫步，同时有游唱诗人拨弹着竖琴，和着音乐唱歌。

一名喇叭手宣布客人到来，一位护送的人在他后面大步前进，越过吊桥，进入城堡，进入仙女之王坐在金色王座上的大理石大房间。

表情很困惑的神父伸手去拿手帕，要擦额头的汗。当他从口袋中抽出手帕时，那瓶圣水跟着一起被拉出来，"砰"的一声掉在地上，破掉了，水溅了出来。

仙女王、城堡、那一大群人以及那些女人立刻消失了，神父站在一片广阔的林间草地中，羊儿在那安静地吃草，同时闹鬼的森林四周显得一片黑暗。但在他的前面，本来有一大群穿粉红色和绿色衣服的人高傲地站着，有穿着粉红和绿色的女人优雅地走着，此时却只见很多长得很高的花，花是淡粉红色，叶子则是绿色。

神父匆匆走过小径，但在森林的边缘却有什么东西催促他回头看。花儿正对他微笑，花茎在对他点头，有风吹过的叶子在对他低语。

他缓慢地走回去，挖起每棵花，带到那个含糊不清地谈着仙女和小精灵的矮小老妇人那儿。他把花种在她的小屋前面。她在同一天就很神奇地复原，脱离险境了。

神父一直不说出他在何处取得蜀葵，但矮小的老妇人知道，因为仙女告诉了她。

风信子（Hyacinth）

有人说，很多世纪以来以"风信子"为人所知的芬芳花儿，其实不配称这个名字，因为古代的希腊人心中有一种很不同的花——也许是鸢尾花，也许是燕草或剑兰。但有另外一种说法也一样强而有力，那就是，它确实是风信子，因为早期的诗人都歌咏它的铃状花，以及它像蜂蜜与葡萄的强烈香味。有关它起源的神话很为人所熟知。

太阳神和风神都爱上年轻人雅辛托斯（Hycinthus）[①]。这个男孩只喜欢太阳神。他们一起在森林中狩猎，他们在山溪中钓鱼，他们在安静的池中游泳，或在长满花的草地上漫步——而风神则以吃醋的眼光观看着。

有一天，太阳神和俊美的雅辛托斯在玩掷铁饼游戏，一起笑得很开心。总是很接近他们的风神在森林边缘很不高兴。雅辛托斯掷铁饼的技术很高明。等轮到太阳神时，他努

————————

① 即"风信子"这个字的来源。

力要表现得比朋友好，就使尽全力吸一口气。

风神正在等这个机会。他用力吹出一阵风，于是铁饼在飞行时弯弯曲曲地向后退，击中雅辛托斯的前额，他立刻丧命了。

太阳神悲伤逾恒，俯视自己很爱的男孩，但他看出，就算他医术高明，也无法让男孩复活。

"我杀死了你，"他叹着气说，"但你的美和你的名字永不会消失。"

在年轻人的血沾到土地的地方，太阳神把血变成一朵花，即为风信子。为了让花永远显示出太阳神非常伤心，每个花瓣都出现一个"悲"字。

我们也许会认为，古人对于有关这种名为"风信子"、花瓣很显眼的紫花的传说会感到很满意。但事实上并不然。还有另一则神话。

我们都记得，阿奇里斯（Achilles）在还是婴儿的时候，他的母亲就把他浸在冥河中，所以只有她握住的脚跟地方会受伤，其他部分都刀枪不入。长大成人后，阿奇里斯跟着希腊军队一起围攻特洛伊。他仍然刀枪不入，特洛伊人的箭无法伤到他，但他还是穿上昂贵的甲胄，因为这样使他更像一位战士。

在围攻特洛伊期间，他爱上一个特洛伊公主，即普雷姆国王的女儿。也许他是在暂时休战时遇见她。无论如何，当围攻又开始时，他私传讯息给国王：如果可以让他娶公主当他的妻子，他就会说服希腊人停战。通过同样的信使，他收到国王表示同意的讯息。

阿奇里斯前往太阳神神殿，安排结婚事宜。但太阳神似乎不高兴。他暗中告诉女孩的哥哥帕里斯说，阿奇里斯的脚跟有一个弱点。于是帕里斯直接又精准地射出一支毒箭，阿奇里斯就丧命于神庙中。

他的尸体被阿杰克斯和尤利西斯救走，他感恩的母亲把他昂贵的甲胄奖赏给最配得到的英雄，在围攻特洛伊时，尤利西斯表现得很有智慧，阿杰克斯则表现得很英勇。结果甲胄赏给了尤利西斯。

阿杰克斯在伤心和感到屈辱之余自戕了。但此时心地比较仁慈的太阳神很同情他，就在他的血把地上溅成紫色的地

风信子：别称洋水仙、西洋水仙、五色水仙、时样锦，风信子喜阳耐寒，是早春开花的著名球根花卉之一，同时也具有极高的观赏价值，关于风信子的神话传说也让人饶有回味。

方，让一朵紫花长出来，也就是一朵风信子，花瓣上还出现阿杰克斯名字的前两个字母Ai。这就是为何ai成为希腊字中代表"悲"（woe）的原因。

花园中芬芳的风信子源于地中海东部诸国——这个不是很明确的地区是从希腊伸延远至波斯——甚至今日，这种花都还以野生的状态在这些地区繁茂地成长着。

据说，首先培植风信子的是荷兰人，当时水手们在大约十六世纪初把球茎带回国内。两百年后，荷兰人对这种花的热心程度变得很强烈，甚至在荷兰出现了一阵"风信子热"。一种名叫"大不列颠国王"的稀有重瓣品种的球茎，以几乎五百美元卖出，还有很多球茎以五十到一百美元的代价购得。

在大约十六世纪中叶，风信子传到英国，也许由安东尼·简金逊（Anthony Jenkinson）直接从波斯带到英国，因为伊丽莎白女王于一五六一年资助简金逊到波斯旅行。这种花有光泽，香气强烈，所以成为花园中很受欢迎的新花卉。

并没有记录显示风信子传入美国的时间，也许是十七世纪末。较早期的殖民者需要在小船上保留空间，所以他们只带了少数最重要的宝贵花卉以及药用植物的种子和球茎——不知道美国本身已有非常丰富的"草药植物"。但在以后的某艘船中，一旦可以不用载运药用植物，就有容纳芬芳的"风信子"的空间了。

鸢尾（Iris）

很少有花园的花像彩虹花——鸢尾花——那样以野生的状态遍布世界各地，且为花园带来那么强烈的愉悦气氛。

鸢尾花一路上横越亚洲，来自日本、中国和东部西伯利亚，来自南欧和中欧，来自北非，以及来自美国的很多地区。

鸢尾花有好几千种，颜色与混杂的类别无止无尽，只要其中有少数成群出现，花园就一定会变得有如彩虹般。

这种花的起源神话，其背景是奥林匹斯山。

天后朱诺对自己的侍女——美丽的艾丽丝（Iris）①——很满意，就让她穿上亮丽颜色的衣服，并送给她彩虹作为围巾。艾丽丝可以把围巾披在天空上，乘着它下到尘世。有了这种方便的彩虹路径，她就成为诸神的使节。

尘世上的色希克斯国王心中很烦闷，觉得有需要去咨询太阳神的祭司，但这意味着要经历一次危险的船程。他的

---

① 即"鸢尾花"的原文。

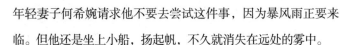
年轻妻子何希婉请求他不要去尝试这件事，因为暴风雨正要来临。但他还是坐上小船，扬起帆，不久就消失在远处的雾中。

哭泣着的何希婉注视着小船，后来小船就消失了。然后她诉诸诸神，要他们为丈夫的安全祷告。她尤其请求天后茱诺保护他。但船已触礁，色希克斯溺毙。茱诺被要求去保护一个死去的人，感到很厌倦，所以她就招来她的使节艾丽丝。

"你下到松纳斯的洞穴，"她命令着，"要松纳斯提供给何希婉一种景象，让她看到她的丈夫已死。"

艾丽丝穿上最华美的衣袍，把围巾披在天空上，跑上彩虹路径，到达一处孤凄的山洞。在那边那种完全无声和最深沉的黑暗中，睡眠之神在打瞌睡，四周为各种形态的怪异梦境所包围。

鸢尾花：别称乌鸢、扁竹花、屋顶鸢尾、蓝蝴蝶、紫蝴蝶、蛤蟆七，其花香淡雅，可以用来制作香水，《本草纲目》一书中也有对其相应的药用记载。

艾丽丝走进去时，她的明亮衣袍照亮山洞，梦境闪避到最远处的角落。松纳斯为亮光所惊醒，设法保持足够长时间的清醒，接受茱诺的口信，然后吩咐儿子墨修斯把有关被溺死的色希克斯的景象提供给何希婉，然后在艾丽丝回到多彩的路径上去向茱诺报到时，他又睡着了。

"我的使节啊，你做得很好。"女神茱诺说，"为了奖赏你，我要让一种花在尘世成长，以你为名，将具有你彩虹的色彩。你就拿这瓶水到尘世，把水倒在土地上。"

艾丽丝迅速跑上彩虹。当水接触到地上时，一片多彩的花忽然出现，但她在兴奋和欢喜中，把几滴水留在瓶中——所以我们才没有红色鸢尾花。（古人当然不可能知道我们那种有着显眼红色的路易斯安娜品种。）

根据另一则传说，鸢尾花的创造者根本不是茱诺，而是佛洛蕾。茱诺在艾丽丝的生日举行了一次派对，邀请所有的花到场。她们穿着最华丽的衣服到达，衣服甚至媲美彩虹女神所穿的华丽衣裳。但佛洛蕾不满足，她想超越彩虹，所以就匆匆创造了三种新花，让其中一种花穿上蓝色衣服，第二种穿上紫色衣服，第三种则穿上黄色衣服，然后派她们去参加派对。

当这些可爱的陌生人进场时，茱诺问她们的名字。她们没有名字，因为在匆忙中佛洛蕾忘记为她们命名。

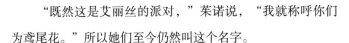

"既然这是艾丽丝的派对，"茱诺说，"我就称呼你们为鸢尾花。"所以她们至今仍然叫这个名字。

古代的希腊人和罗马人相信，当一个男人死去时，使神麦丘里会立刻引导他的灵魂到它最终的栖息地；但如果是一个女人，她的灵魂将永远游荡着，一直到它栖息在另一个世界的适当角落中。

茱诺对这种不平等的区分感到很不愉快，所以她就指定艾丽丝去照顾女人的灵魂。古代人从此以后就把鸢尾花放在他们妻子和女儿的坟墓上，这样，茱诺就会对这种尊敬的举止感到高兴，很快把灵魂引到"乐土"。

北非的穆斯林想必有同样的想法，又或许他们认为死者喜欢美妙的香味，因为在他们的墓园中经常会发现佛罗伦萨鸢尾花，且当他们从一个地方迁移到另一个地方时，都会把这种鸢尾花的根茎带在身边，放在他们死者的坟墓上——如此，鸢尾花就在它不曾成长过的地中海沿岸很多地区建立起它的地位了。

有一种为人喜爱的花园鸢尾花，因其清新的黄花而为人珍视，那就是法国的金色百合。它的故事可回溯到勇敢的异教徒战士法兰克人的国王柯罗维斯一世。

公元四九六年，一群阿拉曼尼人迅速越过莱茵河，展现征服之姿。柯罗维斯率领军队，要迅速击败他们。两军对峰时，可怕的战斗开始了。阿拉曼尼人的人数远超过法兰克人，柯罗维斯节节败退。

当他即将被完全击败而他的军队即将完全被歼灭时，当他认为没有什么力量可以拯救他们时，他想到了妻子的上帝，于是他呼唤他助以一臂之力，答应说，如果他和他的军队逃过野蛮人的一劫，他就改教。

战争的态势果然改变。阿拉曼尼人完全被击败，匆匆逃回莱茵河。柯罗维斯回到他的王后身边，立刻接受圣雷米玖斯的洗礼。

根据历史加上传说，就在那一夜，柯罗蒂妲幻见到柯罗维斯盾上的三只蟾蜍被三朵金色鸢尾花所取代。第二天早晨，当柯罗维斯和她跪在她的私人教堂时，有一位天使出现，在国王脚旁放置了一只蓝色大旗，大旗上出现镶着金边的三朵鸢尾花纹章。

如果我们舍弃传说，回到历史，就会发现柯罗维斯放弃了长久作为王室纹章的三只蟾蜍，采用了三朵鸢尾草。从那一天起，他一直打胜仗，击败了勃艮地族、哥德族以及几种次要的流浪民族。

六个多世纪后，第二次十字军东征开始进行。当虔诚的路易七世拿了十字架，开始准备领导法国十字军战士前进到"圣地"时，他环顾四周，要寻找一种图案来装饰他的大旗。据说，有一位天使进入他的梦境，提醒他以前柯罗维斯打胜仗的事，要他采用金色鸢尾花。

路易七世就照做了。当他于——四七年领着大军前进到马赛时，由于大旗上布满了黄色鸢尾花，多彩的长形队伍变得更加多彩。从那天开始，鸢尾花就以"路易的花"为人所知，法文是fleur-de-Löys，以后则缩写为fleur-de-lis（百合花饰）。

在路易七世从多灾多难的第二次十字军东征中带回又脏又湿的大旗后两个多世纪，查尔斯五世把王室旗帜上的金色鸢尾花减为三朵，代表"三位一体"。在柯罗维斯的时代，它们是代表"信仰""智慧"和"勇气"。

有好几百年间，百合成为标示出每一位水手罗盘上指北点的图案。根据传说，在十三世纪时，它被装置在罗盘间，以纪念成为那不勒斯西西里国王的法国安茹家族的查尔斯。但事实上，古老的意大利罗盘，其八个主要点是标示着八种主要的风的第一个字母。

代表Tramontano（意大利特拉蒙塔诺）的T是在北方，而这个重要的一点是由一个矛尖来表示。渐渐地，到了十五世纪末，矛尖结合以T，就并成较优雅形态的百合花饰。

根据古老德凡郡的人的说法，德凡郡的小精灵喜欢鸢尾花，因为当凡人接近他们时，鸢尾花的大叶子可以遮蔽他们，且仙女会用非常显眼的花瓣做成衣裳。这一切我们都从十七世纪早期的德凡郡诗人威廉·布朗（William Browne）那儿获知：

"他们强有力的国王，一位拥有巧妙力量的王储，

穿着一件斑点紫罗兰制成的衣服，

他的帽子由一位上等的帽商制成，

（一如头盔）是用百合做成；

他的缝边是一朵雏菊，整齐地加以修整，

好像已有意为他而生；

他的斗篷是天鹅绒似的花制成，装饰着

最精选的那种百合。"

飞燕草（Larkspur）

当飞燕草花蕾开始绽放，在半开状态中花茎随风摇动，如果把它们想成海豚宝宝在水中嬉戏，那是一种很美丽的幻想。古代的希腊人就是这样看待它们，所以他们称这种花为delphinium，即"海豚"，而从这个字就出现了Delphinium——"飞燕草"。

阿杰克斯在围攻特洛伊城时因一时感到屈辱而自戕，变成花瓣出现他名字前两个字母ai（"悲"）的蓝花。这个神话时常与飞燕草有所关联，就像与风信子有所关联。为了纪念此一神话，"蜜蜂飞燕草"就名之为"阿杰克斯飞燕草"。

之所以称为"蜜蜂飞燕草"，并不是因为忙碌的小蜜蜂对它有任何特别的偏爱，而是因为它多毛又有黄色斑点的花瓣使人想起大黄蜂头藏在花中贪婪吮吸花蜜的模样。

罗马人接受"海豚"作为飞燕草的名字，并有一则故事来说明它如何存在于世界，以及它为何在离海不远的土地上长得那么茂盛。

有一天，一个渔夫独自驾着小舟出海，结果突然遭遇一阵狂风，小舟下沉，他本来就要溺毙，此时一只友善的海豚游来助他一臂之力。渔夫爬上海豚的背部，海豚把他带上岸。

那天晚上，渔夫在一间客栈中叙述他惊人的脱险故事。

"一只海豚？"一个听他叙述的人叫出来，"我们要在日升时坐上大艇去抓它！"

"对！"其他六个人叫着说，"那会是很棒的追捕行动！"

但渔夫很感激海豚救他一命，于是他溜出客栈到海岸，呼叫他的海豚朋友。当海豚游上来时，他告诉它说，有人密谋捕捉它，于是海豚转身，游到海很远的地方。

海豚也很感激。它永远没有忘记渔夫带给它警讯，救了它一命。这个人在很多年之后去世，海豚要海神把他的身体变成一朵世人会一直喜爱的花。

海神派了一名使节，去把魔水洒在这个人的墓上，第二天，一朵名为海豚花的飞燕草就在那儿长出来。种子散布到各地，在全世界都长出了飞燕草。

名为飞燕草的"海豚花"从南欧传到英国，但英国人不会忽视它那显目的马刺状，所以它不久就成为"云雀的马刺"（Larkis spur）①"云雀的脚跟""云雀的脚趾""云雀的爪"，然后是"武士的马刺"。在德国，它仍然是"战士的马刺"，而在法国，它是"云雀的脚"。

德凡郡的乡下人称它为"小精灵的梯子"。他们说，当仙女把王国搬到德凡郡时，绿色小矮人想暗中窥探，所以他们就把马刺加在花上，形成梯级，敏捷地跑上花茎，使用它的顶端作为瞭望之用。

飞燕草跟金凤花有关系，其汁液有毒，所以约克郡的女巫很能接受飞燕草。但在法国，任何暴死之人的鬼魂都很厌恶飞燕草，看到它就会逃回坟墓。这说明了以下法国南部一个农人好运当头的故事。

这个农人在一个难得的假日去打猎，于黑夜中陷在一座孤凄的森林中。暴风雨正要来临，但他知道在森林不远处一座多草的山上有一间被遗弃的牧羊人小屋。于是他赶紧跑去，在加深的夜色中绊到了树木。

当他到达林中空地时，看到小屋中有一线亮光，感到很惊奇，但此时暴风雨正在加剧，他赶忙上山敲门。门自动打开。里面有三个人；透露欢乐气息的炉火正在燃着；粗糙的桌子上有一堆溅着血的黄金，在两根蜡烛的亮光中闪烁着。

---

① 即现今"飞燕草"的名字。

农人不知道这三个人本是大路上的强盗，已经谋杀了很多受害者，本身也在至少十年前被处死，但他们的鬼魂每夜都显得不安，因为没有机会花用埋葬起来的黄金，于是就回到小屋，挖起黄金来自我陶醉。

三个人欢迎这个农人，让他在火旁一个地方晾干湿掉的衣服。农人没看到食物，所以他就跟他们分享背包中的面包与肉。

三个人很生气。"我们想要什么就拿什么。"最高大的一位吼叫着，把背包抢走。

对农人而言很幸运的是，他那天下午曾穿过一片可爱的飞燕草，摘下一片华丽的花茎，放在背包中，想要带回家给妻子。

三个人贪婪地打开背包，却在每件东西上面看到飞燕草。顷刻之间，人、火、蜡烛和黄金都消失了。一阵闪电出现，照亮了积满灰尘又残破的小屋，就像这个农人白天时所知道的样子。只有一种情况不一样：在肮脏地板的一个角落出现一个新挖掘的洞。

尽管天很黑，暴风雨也持续着，这个受到惊吓的农人还是冲出这间闹鬼的小屋，在森林中度过夜晚的时间。但是白日来临，勇气再现，他就又匆匆回到小屋，在昨晚突然出现在角落的洞中挖掘着，昨晚他确实看到三个人的鬼魂出现在这。结果，他发现了一大袋的金币。

在回家的路上，他又经过那片飞燕草。为了对这种花表示感激，他就为妻子采集了满满一大把，但也许他妻子喜欢的是黄金。

根据一则意大利传说，很久很久以前，大部分的土地都布满森林，而森林里则到处是凶猛的野兽，只有很少数的人沿着海岸居住或住在山谷中。一只恐怖的龙住在亚平宁山脉的一个山洞中。有一段时间，它满足于吞噬那些分布在森林中的野兽，但有一天，它吃了一位猎人，开始喜欢上人血，所以就跑进山谷寻觅食物。

人们感到很惊恐，最后，国王在各地悬赏，要把王国最宝贵的东西——他的美丽女儿——提供给杀死这只怪物的人。

有三个兄弟表示自愿做这件事。他们都爱公主，对公主的爱给了他们勇气爬到这只龙的洞穴。年纪最大的一位要求优先权，所以他的两个弟弟就在哥哥勇敢地接近，呼叫龙出来应战时，藏身在岩石中。

怪兽出现了，它的大爪张开。当年轻人用铁剑砍过去时，龙却一口气把他吞下去。第二个兄弟冲上去，但甚至还无法举起剑时就被吞了下去。

但龙身体里面的两把剑让它很困扰。当它转身要检视被刺戳的地方时，最年轻的弟弟从岩石上跳过去，砍下它着火的可怕头部。他很快把龙的身体切开，两个年轻人毫发未伤地走出来，然后他们三个人匆匆回到山谷，宣告他们胜利的战果。

当他们来到国王的花园时，就在草丛中把他们的剑擦干净。沾染上龙血的每个叶片立刻变成花茎，血滴凝固成蓝色的花，而龙的毒液一直到今日都成为植物的毒。

就这样，飞燕草进入了国王的花园中。国王听了怪兽被杀死的经过，不知道要奖赏哪一个人，因为龙身体里面的那两个人确实也有贡献。但公主非常确定。她嫁给了最年轻和最英俊的那位弟弟。

美国有很多本土的飞燕草，有些长在花园中，大部分来自太平洋海岸，分布地点从南加州延伸到华盛顿，以及更远的地方。其中最壮观的是深红色飞燕草，但北加州的红色飞燕草也很可爱，印第安人称之为"睡根"——不是因为它们被用来治疗失眠，而是在赌博时用来让对手失神，变得愚蠢。

美国飞燕草中最为人喜爱的是科罗拉多飞燕草，从平原向西分布，甚至向北分布到阿拉斯加。花是透明的天蓝色，上方的花瓣是淡黄色。波尼人在他们有关这种花的本源传说中提到这一点。

在天堂，有个老妇人在织梦，把织成的梦整齐地叠在一起，以便在神祇们需要把它们送到下面的凡间时，可以很方便达成任务。

她织着梦时，开始对这些使用这么多梦的人感到奇怪。她变得越来越好奇，最后就在天空中刺了一个洞，用一只眼睛往下看。

她看到奇异的动物在草原上跑来跑去，感到更加好奇，但愿自己能够近距离看到。她的织梦材料太轻薄，无法织成一条绳子。但那时有天空黏土，所以她就在洞的边缘打破一些黏土，揉呀揉的，最后揉成一条又长又厚的绳子，可以延伸到地上。

天空当然只是一个倒过来的黏土巨碗，下方波尼人可以看到的地方漆成蓝色，上方则是绿色，就像土地也是绿色。这个织梦女人的绳子大部分是绿色，到处有蓝色的斑点出现，还有一点点没有上漆的黄色黏土。

她把末端搓成一个圈圈，让绳子穿过洞，一直往下、往下伸延。但她没有考虑到太阳。当黏土绳子慢慢下降时，太阳光把它烤得很脆，最终断裂成一千个碎片，末端的圈圈掉进一条河中，不见了，但碎片垂直黏贴在土地上，变成了飞燕草，绿色茎部点缀着蓝花，透露一点点黄黏土的颜色。

百合（Lily）

　　花园中种植的百合种类超过一百种。每一种都有一个故事，有关被发现和第一次被培植的有趣又无疑很戏剧性的故事。但我们今日对这些故事所知很少，因为其中大部分都要回溯到遥远的古代，回溯到古埃及、叙利亚、中国和日本。

　　然而，发现百合的故事中，有些却发生在我们自己的时代。有关帝王百合被发现的故事值得详述。

　　波士顿的E.H.威尔逊（E.H.Wilson）博士在中国从事一次植物探险。他在中国的荒野和多山的西边——濒临更荒野的西藏——旅行，来到了一座山谷。它的山顶最初似乎漂积着多阴影的雪，但空气中充满悦人的香气。他看到山上开着数以千计的小百合，花的内里是纯白色，底部是浅黄色，外部是很华丽的紫红色，经由白色和一点黄色衬托出来。

　　他把很多球茎带回波士顿，但却全部枯死，因为他是在植物开花时把它们掘起，此时球茎的生命力最弱。由于念念不忘那些山坡的可爱，以及有其精致之美的百合，他在第二年又前往那座几乎难以接近的山谷。

这个地区的高山终年积雪。夏季又短又热。狭窄的山径一边是高耸的悬崖，另一边则有好几千尺深，经常有雪崩或山崩的危险。但当威尔逊博士与和他一起的中国人开始往下爬时，他却感到很愉快，因为他已经跟他们安排好，要在十月挖掘球茎，小心包装好，进行陆地和水上的行程，运到波士顿他的住处。

当他们在一条危险的路径往下走时，他的小狗发出危险的警告吠叫声。他们刚好及时离开，一次土崩就突然出现在他们刚待过的地方。更多土石隆隆往下滑。他们冲向一处悬垂的岩壁寻求庇护，但有一块岩石击中威尔逊博士的腿，使他伤得很重。他的伙伴把照相机三脚架当成粗陋的夹板，抬着他痛苦地走了三天，到达最近的慈善机构。从此他跛着脚度过余生。

但有数以千计的帝王百合球茎运到了美国。第二年六月，很有光泽的花朵在新家中长得很美、很香，好像它们一直在那座濒临中国西藏地区的荒野山谷中开花一样。

根据一则传说，这些纯白的百合是强有力的护身符，用来驱除中世纪和以后几世纪徘徊在地球上苦恼凡人的无数魔鬼——当时严肃的作家们都证明了这一点。

皮卡第的百合特别具有神奇的力量。当魔鬼头头想要作恶时，人们只要深深吸进一朵百合的香气，就会知道如何击败他。

一位农人的谷仓被闪电击中，并烧毁了。他太穷，无法重建谷仓。谷物成熟了却没有地方储存，除非能够出售；谷物会在田中腐烂，然后他一定会变得非常穷。

当他站在那儿沉思时，魔鬼出现了。

"如果你把你的两个孩子给我，"他开始提出条件，"我会为你建一座很大的新谷仓，在一夜之间鸡啼之前就会完成。"

农人在"极需谷仓"和"对孩子的爱"之间挣扎，只能无力地说："等我跟妻子商量一下。"

他匆匆走进厨房，把魔鬼的条件告诉妻子，但妻子一言不发，立刻走到窗棂上一个花盆中的盛开百合那儿，吸进它强烈、美妙的香气。她立刻知道要怎么做。

"我们接受，"农夫走到魔鬼在等着的木柴堆时这样说，"如果你在鸡啼之前建好谷仓，我们的孩子就是你的了。但是如果你没有履行条件，我们就没有义务这样做。"

"同意！"得意扬扬的魔鬼叫道。夜幕低垂时，魔鬼要他的手下开始工作。谷仓开始成形。还有很多小时，所以不必急。

午夜后不久，一座巨大的新谷仓耸立在旧谷仓原来所在的地方，剩下锯木板以及钉木板的工作。此时农人的妻子溜到鸡舍，围裙下面藏着一个灯笼。她用亮光照着公鸡的脸，公鸡被惊醒，以为是早晨了，就拍拍翅膀，开始啼叫。

魔鬼的手下们听到鸡啼，就把最后一块木板丢在地上，跑掉了。魔鬼生气地咬牙切齿。谷仓没有完成，就少一块木板。他也无法毁掉他的成果，因为是圣母百合的神奇力量智取了他。他消失在一片黄色云烟中。农夫拥有了一间新谷仓，他的孩子常到干草中嬉戏。

一〇四八年，拉瓦纳的国王加西亚濒临死亡，患的病连最好的医生也治不好。一位神父把一盆圣母百合带进国王的房间，放在床边的桌子上。国王立刻奇迹般地复原，夜幕还未降临之前，身体就完全康复了。

加西亚国王为了感恩，就成立了"圣百合马利亚骑士修道会"，包含三十八位骑士。"每位骑士，"一位早期的作家说，"在胸上佩戴着一朵银制百合，以及一条黄金双重链，织着代表马利亚的哥德体字母M，项链的尽头悬垂着一朵百合也镶着同样的字母。"

法国的路易九世于一二三四年创立了一个修道会，里面的武士带着一条象征"谦卑"的金色金雀花做成的链子，编织着代表"纯洁"的银色圣母百合。

现今，圣母百合已大部分为可爱的复活节百合取代，作为装饰教堂之用。要到大约一八七五年，一些来自远方日本的这种百合的球茎，才被一个从东方回去的女人带到费城。她把球茎给了一位花农。这种美丽有光泽的花立刻受到欢迎，这位花农就为自己把复活节百合命名为Lilium harrisii，并把它引介到整个国家。花农们仍以这个名字称呼它，但植物学家则以很饶舌的Lilium Longiflorum eximium称呼它。

当复活节百合盛开时——有好几亩之多，是为市场销售而种植——任何知道百慕大这个地方的人，都了解为何它们也称作百慕大百合。

老式的花园中一直有百合。两种最为人喜爱的百合是来自日本的芬芳金边百合，以及美国的土耳其帽百合，呈橘红色，有黑点，花瓣向后弯，使得低垂的花朵外表像土耳其头

百合：别称强瞿、番韭、山丹、倒仙，喜凉爽，较耐寒，百合种类繁多，其营养价值和药用价值很高。

巾在花茎上摆动。

更受欢迎的是日本百合，花儿芬芳、低垂，有很多斑点，乡下人称它为"虎百合"，还有来自中国和日本的真正虎百合，低垂的橘色花朵上有锈黑色斑点。

虎百合的球茎是在一八〇四年第一次传到英国，那时柯尔克派崔克船长（Captain Kirkpatrick）从前往中国的一次旅程中坐船回来，船上载满丝与茶。几年之后这种华丽的虎百合就传到了美国，成为花园中的常客，也时常出现在花园之外的地方，现今可以看到它们沿着乡村的巷子怒放。

身为虎百合原产地之一的韩国有一则传说，诉说虎百合如何存在于这地球上。

有一位隐士到山中，在一个遥远的山洞中住了五十年。他用茂盛的草编织自己的衣服，只吃长在附近的草本植物。

有一天，一只老虎跛着脚走到山洞，前腿中了一支箭。隐士轻轻移除箭，用药草敷在伤口上。从那天起，他和老虎成为朋友和伙伴。老虎教他很多魔术，例如如何让自己成为隐形人，以及如何驾驭五彩云。

但是，最后老虎的大限近了，因为它是一只年纪很大的老虎。

"我唯一的遗憾，"当它躺在那儿喘息时这样说，"就是离开你。你要使用我教你的魔术，把我变成会一直待在你身边的什么东西。"

老虎吐了最后一口气，隐士用一个织得很密的篮子捕捉住它的灵魂，很快拴紧盖子。然后他把老虎的身体变成一株长在山洞前面的虎百合，打开盖子，让灵魂进入花中。以后，当他看着有斑点的百合时，就知道他的朋友在近处。

隐士习惯每天早晨日升时乘着五彩云越过海洋。有一天早晨，云在海雾中不见了色彩，隐士掉进海中溺毙。虎百合等不到他回来，不知他的朋友身处何地，就开始在整个韩国散布种子，好让隐士和老虎可能在什么地方再相会。

这种有斑点的漂亮百合在东方的历史上有其地位。

远在八世纪时，日本一位声名狼藉的女皇深深爱上一位佛教僧侣，她成为他玩弄于股掌中一种微不足道的东西。这位狡猾的僧侣道镜本人觊觎皇位，因为在当时，并非总是由大儿子或二儿子继承皇位。

他知道，百合是日本战神的象征，白色的百合象征和平，外表刚猛的虎百合则象征战争。所以，他就从花园中摘了一朵白百合，要一个朋友把它拿到女皇那儿，告诉她说，他是直接从战神的祭司那儿取得的。

"战神说，"道镜的使者说，"他想要和平，送来这朵白百合作为证明。你要退位，指定善良的僧侣道镜当皇位继承人，国家就会享有几年安定又非常繁荣的时光。"

　　女皇对战神有极大的信心，深表赞同。但以前曾经有一次她疯狂地爱上她的重要大臣，也曾经退位过。在这个浪漫的插曲之后，她必须罢黜当时的皇帝，经过严重的流血事件才以武力的方式重回皇位。这一次，她非常想要确定情况。所以她暗中派遣一个自己亲选的人去咨询那位祭司，确认战神的指示。

　　这个被派遣去的年轻人非常清楚道镜觊觎皇位的阴谋，于是他非常快速回到女皇那儿，手中拿着一朵虎百合。

　　"战神很不高兴，"他这样报告，"如果你把皇位让给非皇室血统的人，他就准备让国家陷入可怕的战争状态。道镜没有皇室血统，你不要退位。"

　　女皇仍然盲目地迷恋道镜，但她更害怕战神，所以她很留心战神的讯息。在这位被派遣去的年轻人和生气地道镜还未能解决他们私底下的争吵之前，这位浪漫的女皇帝就去世了，她的叔公成为皇帝，所以，道镜丧失了他在宫廷的力量，只好在愤怒中回到他的佛寺。

山谷百合（铃兰）（Lily-of-the-Valley）

好几世纪以来，这种小花都被称为"山谷百合"，所以没有人知道它是在什么清幽的山谷首先被发现与命名的。英国苏塞克斯郡的一则传说让我们相信：它是在圣李奥纳（St. Leonard）与恶龙作战时源于该地的。

在那个年代到处都有恶龙出现，但让苏塞克斯的好人们惊恐的恶龙却是魔鬼本身。魔鬼基于自身秘密的理由装出这种可怕的外貌。最初人们没有察觉；在人们还没有想到要诉诸圣李奥纳之前，很多勇敢的武士都被杀死了。

这位圣李奥纳诉诸天堂，武装着"神圣"的助力以及一支宝剑，去迎战这只可怕的动物。战斗进行了漫长的三天之久。恶龙强有力的爪刺穿这位圣者的甲胄，溅出满满的血。但最后恶龙的头被砍掉——就在那个时刻，由于它是魔鬼，所以就消失不见了。

在他们作战的田野，只要圣李奥纳的血所流及的地方，山谷百合就会迅速出现——是由天堂送出，用来象征"善"

克服了"恶"。

在苏塞克斯，这种花仍然被称为"天堂之铃"。至于英国其他地方，它被称为"五月花"，在德国则被称为"小五月铃"。在法国，山谷百合意味着"忧伤"，以"我们圣母的眼泪"为人所知。但有一个透露愉快气息的传说可以说明其本源。

有五个小仙女姐妹某一夜出去跳舞，带着小小的象牙杯，要为王后的早餐收集露珠。她们把杯子挂在草的叶片上，开始嬉戏着。由于玩得很开心，所以完全忘记了时间。太阳出现在山头，把所有的露珠都晒干了。

由于仙女是不得在日升之后出去的，她们就在惊慌中跑去拿杯子，发现杯子粘在叶片上。就在那个时刻，她们的仙女教母出现，用两片宽阔的叶子围着每个叶片，藏起杯子，王后就不会发觉。

山谷百合在爱尔兰叫"仙女梯子"。人们说，小矮人喜欢在上面跑上跑下。挪威有一则传说，叙述着"春之女神"有一年出现，发现土地因为下雪而荒芜。她不喜欢土地不毛，就撕下了绿袍的一小片并取来一把雪，做成了山谷百合。

这种可爱的花并非完全属于欧洲。美国也产这种花，是在南方的阿勒干尼山脉。它们本身的芬芳结合以其他春天野生植物的香气。切罗基人有一则传说，远溯到他们被德拉瓦人驱逐到南方，因此把阿勒干尼山脉当成狩猎地的那个时代。

"大树"爱他的小女儿，把通常会教给儿子的森林知识都教给她。有一个黎明，他跟女儿一起站在流过他们的山谷小川旁，指着形成东方城垣的那座山。山的斜坡很陡，树木茂盛，顶端是空无一物的岩脊，有一个尖顶。

"你爬到尖顶，"他说，"在爬的同时辟出小径，让升起的太阳指引你。食物和水就在顶端。休息一会后沿着你所辟出的小径回来。"

小"黎明鸟"出发时很自傲又有信心。她时而折断一把树枝，压弯一根杂草，在更远的地方扭动一株矮树。但是，不久她的手就变得很酸痛，于是她坐在一片石英岩层上，想着还有什么方法可以标示出小径。她的脚旁有成堆的乳白色石英小石子，是霜把它们从岩石上剥落下来的。

她在裙子中装满了小石子，再度出发，时而停下来，把一片树叶放在小径上，在叶子上放置一颗乳白色石英小石子。最后，她到达了顶端，扑倒在草上，不久就进入熟睡。

一只饥饿的野猫闻到肉味，从岩石上爬下来，跳下去，但它在还没有着地之前，一支箭射穿它的心，因为"大树"每一步都跟在小女儿近处。

"黎明鸟"被野猫的吼叫声惊醒，跳了起来，奔向森林。但是当她寻觅叶子上的白色小石子时却找不到。她只听到一个小铃叮当响着，定睛一看，见到了她放在小径上的那片树叶，但此时叶子是长在一株有另一片叶子的植物上。那儿也有她的那棵乳白色石英小石子，此时已变成一个精致的花铃。

在更远的地方，她听到更多的小精灵音乐。当她在花丛中跑着时，正是循着她用叶子和小石子标示出的小径前进。当她到达小川时，"大树"站在那儿，好似不曾离开那个地点。

山谷百合——"白色小石子花"——就这样存在于切罗基人的土地上。最初，它们只有一个花铃，整天响着悦耳的音乐。其他的花因此感到不满足，所以"植物之神"就取走"白色小石子花"的音乐，变成更多的铃挂在花茎上。

金盏菊（Marigold）

南欧的金盏草（Calendula）就是古代人所知道的金盏菊。金盏草的原文Calendula意思是"每月第一天"，因为当日历预示每个月份时，有些这种黄色的花就会开放。

很多世纪以来，金盏草都被称为"金花"，但在中世纪，人们非常相信有魔鬼和恶魔，很容易就把植物和圣母马利亚联结在一起，随时准备用植物来抵制这些黑暗的力量，于是"金花"就变成"马利亚的金"（Mary's gold），而经过好几年后，这个名字很容易误念成marigold，即"金盏菊"。

只要花跟圣母有所联结，当然就有其理由——满足中世纪那些相信魔鬼的人。例如，这种花产生自圣母的眼泪，或曾在她逃到埃及时激励她。它曾从她的脚步中出现，或在她休息的地方形成一张地毯。但就金盏菊而言，人们最喜欢想起的是：圣母曾经佩戴它。

金盏草传到英国时是种在花盆中，是调味汤汁的上选厨房草本。时至今日，虽然它是花园中的常客，却仍被称为

"花盆金盏菊"。

有关四位仙子爱上太阳神的神话，也许源自金盏菊习惯在阳光最亮的时辰开放。诗人说：

"金盏菊跟太阳同时上床，与它一起哭着起床。"

黛安娜女神有很多森林仙子服侍她。其中有四位热爱着太阳神。太阳神时而眷顾其中一位，时而眷顾另一位。她们因此醋劲大发，由于经常争吵就疏忽了责任。黛安娜很生气，把她们变成四朵暗白色的金盏菊。

但她们仰慕太阳神，太阳神很高兴。他没有力量取消他妹妹黛安娜施加在四位仙子上的魔咒，但当他看到这些暗色的白花时，他就送去最明亮的阳光，让她们变成金色。此时这四位善妒的仙子在黛安娜眼中变得太可爱了，但她仍无法干涉太阳神所施加的魔咒。她最多只能宣布：黄色从此以后应该表示"嫉妒"。

若就质地的柔软和色彩的华丽来看，则非法国金盏菊或非洲金盏菊莫属——其实它们不是法国产，也不是非洲产，而是源于阿兹特克人。根据传说，很多金盏菊呈深红色，是归因于西班牙的征服者从海岸一路往上征战到蒙特祖马[①]富裕的首都时，被杀戮的印第安人所流下的血。

陪伴着柯特兹[②]的随军神父，带了橘子、柠檬和其他种子，要种在他们想征服和殖民的新土地上，而金盏菊种子是他们从墨西哥首先送回西班牙的种子之一。一旦这种花在西班牙根深蒂固之后，它就传到法国。由于它是从法国传到英国，所以就被称为"法国金盏菊"。

从墨西哥送到西班牙的另一品种，最后横越地中海到摩洛哥，甚为阿拉伯人所喜爱。当英国人从非洲人那儿接受种子时，它就成为"非洲金盏菊"。

法国人称墨西哥金盏菊为"纪念品"，时髦的女人将它跟三色紫罗兰一起以花束的形式佩戴在身上，以微妙的方式提醒人们"想到我，记得我"。

"纪念品"这个名字在亨利八世统治期间随着金盏菊横越英伦海峡。在安妮·博林[③]的宫廷中，人们也将金盏菊跟三色紫罗兰一起佩戴。由于与这一位安妮·博林有所关联，所以它们象征着"不安"，预示意外及不愉快的事情不久将要发生。

---

① 阿兹特克帝国的君主。

② 西班牙殖民者。

③ Anne Boleyn，英王亨利八世第二位王后。

墨西哥的金盏菊不属于金盏草，而是属于"甜万寿菊"（Tagetes）——源自一位埃特鲁斯坎族的神祇塔杰斯（Tages）。托尼福特（Tournefort）于一七〇〇年正式这样称呼它们。但在这之前的几乎两世纪，在西班牙人征服墨西哥后不久，福齐斯（Fuchs）称呼它们为"甜万寿菊"，只因为它们长得很美，又结合了伴随最先的种子传到欧洲的故事。墨西哥的随军神父曾写道，阿兹特克神父将干燥的花混合以干燥的烟草叶，如果他们想要进入一种恍惚状态，发挥预言的力量，就吸入这种混合物的烟。

这种美与预言力量的混合，让福齐斯想到塔杰斯的故事，所以他就把金盏菊命名为"甜万寿菊（Tagetes）"。

塔杰斯是一位漂亮的埃特鲁斯坎族年轻人，非常讨诸神喜欢，所以诸神教导他所有占卜和卜卦的技巧。他与那个国度的十二名族长慷慨地共享这种知识。但这些族长又老又丑，很嫉妒塔杰斯的年轻与美。一旦他们自己精通了卜卦术，就把他杀死。诸神让他变得不朽，从此以后，他成了埃特鲁斯坎族的主神之一。

木犀草（Mignonette）

很久很久以前，木犀草只生长在埃及，但横越地中海的商船把它带到法国南部和意大利，因为水手们经常在寻觅舶来品，带回国内给自己心爱的人。虽然这种植物的花呈绿白色，并不显眼，但香气却很浓郁，闻了令人兴奋。

在埃及，木犀草是珍贵的药草之一。医生利用其刺鼻的香气，就像现代外科医生使用麻醉剂一样。我们从埃及获知有关它的一则传说。

隼头人身的天空之神荷鲁斯，有一天正在横越属于自己的领域时，偶然经由云层的缝隙往下看到一个女孩坐在一块岩石上哭泣。他随时准备好找借口要下到人间，所以他就穿了一片很厚的云飘了下来，栖息在女孩旁边的地上。女孩以为一片雾忽然从红海飘过来，但有一个声音从云中隆隆响了出来：

"可爱的孩子，你为什么哭？"

她吃了一惊，跳起来要跑开，但她的脚黏在地上。

"我知道，"荷鲁斯的云中之声说，"你的年轻丈夫濒临死亡。冥界之神还没有召唤他。快快把我的东西拿去给他。"

云开始上升。在它曾栖息的地方，有一朵奇异的花长出来，气味非常香，几乎把她迷醉了。但她还是摘了花，赶快跑回自己的房子。小房间立刻充溢着花的香气。她还不能决定要怎么处理这朵花时，她的年轻丈夫就开始恢复呼吸，脸颊恢复气色，眼睛张开来。冥界之神不必派使神去召回他了，因为木犀花的香气已经恢复他的生命。

埃及说故事的人说，这就是木犀花的本源，医生就是这样知道了它的香气所具有的价值。然而，根据法国人的说法，是一个仁慈的仙女创造了这种芬芳的花。

在一座长着常春藤的城堡中，一个从小没有母亲的年轻女孩，在奢侈又快乐的生活中长大，由她挚爱的父亲陪伴着。但当她十七岁时，父亲再婚，与他结婚的女人已经有两个很美丽但很可怕的女儿。自从她们来住在城堡，这个名叫米格侬（Mignon）的女孩就很不快乐。异母姐妹困扰她，继母责骂她，找她的碴儿，甚至她的父亲也变了一个人。父亲在一年后去世，她的生活确实变得很可怜。

守完丧之后，继母开始在城堡开派对，希望为两个女儿吸引来合适的丈夫人选。她特别努力要引诱一位王子。她高兴得不得了，已经在计划婚礼，因为王子已经来访，正在月光下的露台上与其中一个女儿散步。

米格侬可怜地坐在下面玫瑰园的一座水池旁。她已经爱上这个英俊的王子，但他甚至不知道她存在着！孩提时代她时常坐在那儿，假装自己看到仙女在玫瑰中跳舞。但愿此时有仙女来帮助她！

米格侬眼睛一亮。那是一个仙女从一朵白玫瑰的中心飘出来。

"我为你带来快乐，"仙女说，丢下一片玫瑰花瓣，然后消失，同时一朵香气浓郁的花从花瓣落下的地方长出来。

在露台上的王子用那高贵的鼻子嗅着。

"那是什么美丽的香气啊？"他问，"我们必须去寻找。"

这位女儿乐于在月光中跟他一起散步，很快就同意。他们走上小径到达花园，穿过玫瑰到水池旁。米格侬坐在那儿，拿着一朵花靠近美丽的脸孔，吸着它的香气。

"米格侬！"生气的异母姊姊责备她，"立刻回到房子去！"

"米格侬，"狂喜的王子说，坐在她旁边的大理石长椅上，完全忘记了蹙眉的异母姊姊，"让我也来嗅一嗅你可爱的花。"

米格侬很快嫁给了王子。王子买下城堡，赶走继母和她的两个美丽但可怕的女儿。就是这位王子把这种花命名为"木犀花"（mignonette）①，意即"小米格侬"。Mignon意思是"娇弱、优美、讨人喜欢的优雅"，也意味着"可爱"。

花园中的木犀花确实是一种"小可爱"。Reseda是它的正式名字——源自一个拉丁字，意思是"抚慰、治愈"，意指它的香气有抚慰作用。

据说这种外表谦逊的花儿出现在一个家系古老的德国家族的盾形徽章上。有一个故事可以说明为何选择这样一种不显眼的花。

一个年轻伯爵跟一位名叫艾米莉亚的美丽女继承人订婚。艾米莉亚一文不名的堂姐夏洛蒂跟她住在一起。夏洛蒂又穷又不美，所以所有年轻男人完全忽视她，只追逐艾米莉亚。

有一晚在一个派对中，已订婚的艾米莉亚厚颜地跟一位客人眉来眼去，让伯爵很尴尬。此时女人们开始玩一种游戏，每个女人从拿进来的一个盆中选出一种花，要她的护花使者为花和佩戴花的女人写一则美妙的感想。

艾米莉亚选了玫瑰，认为它可称为花中之后。夏洛蒂选了木犀草，因为它芬芳又一派谦逊的模样。夏洛蒂看到艾

---

① 这个字的前半部mignon是米格农，后半部分ette是小。

米莉亚为仰慕她的人所包围，而伯爵却孤单一人，为人所忽略，就心生同情。她想激励他，但不知道要说什么话，就问伯爵是否为玫瑰想到一则箴言。

"有的，"他说，然后迅速写下来，"它活了一天，只讨人喜欢一会儿。"

"而接下的这一则，"伯爵说，"是为你的木犀花而写。"于是他写下来："不像玫瑰那样炫耀，但它的可靠特性很容易就被觉察出来。"

艾米莉亚很生气，当场就解除婚约。伯爵娶了夏洛蒂。为了纪念自己的快乐心情，他在自己家族的古老盾形徽章上加上了一朵木犀花。

欧乌头（Monkshood）

美丽但有毒的欧乌头很多世纪以来都被称为"狼毒"（Wolfsbane），因为它会"致豹、猪、狼以及各种野兽于死命"。

它也有其他不讨人喜欢的名字，诸如"魔鬼的头盔"。但为了补偿起见，在英国乡村，人们称它为"美丽的蓝帽"。我们知道它在花园中的名字是"僧帽"（monkshood），因为形状像僧侣头巾；或称之为"乌头草"（aconite），因为它是属"乌头"（Aconitum）类的植物。

这种常见的花园乌头草，是所有品种中最具毒性的，最初生长于东地中海地区，古人经常使用它作为毒物。因此，有关它的神话主要是涉及它在草本中的这种特性，而不在其吸引人的蓝花。据说，这种植物是由女巫米蒂亚（Medea）在一个急迫时刻创造出来的。

就在雅典国王埃勾斯的儿子忒修斯（Theseus）诞生之前，他的母亲前往她父亲的王国，要到那儿把生出的孩子抚养长大。埃勾斯陪她走了一部分的路。有一天，他们在一块巨石旁休息，埃勾斯抽出剑，在随从的帮忙下抬高石头，把剑放在石头下。

"等到我儿子足够强而有力，可以移动这块石头并取回剑，"他指示着，"就把他送到我那儿。"

忒修斯长大成为年轻人，他母亲就带领他到那块石头旁。他很容易就把石头抬高，取出剑，动身前往雅典。但那时已过了很多年，他的父亲娶了身为女巫又擅长下毒的米蒂亚。忒修斯不知道父亲会如何接待他，就决定乔装前去，了解一下他身为国王的儿子会不会受到欢迎。

米蒂亚借由自己的魔法得知忒修斯不久就会到达，她唯恐自己对于埃勾斯的影响力会减弱。

"有一位密探正要来临，"她告诉国王，"他很英俊、善于辞令，但却是个危险人物，要置你于死命。如果你请他喝酒表示欢迎，一定要在里面放毒。"

年老的埃勾斯表示同意，于是米蒂亚赶到毒草花园。但她没有足够有效的毒草，于是她跺跺脚，一枝乌头草很快便出现，她把它榨出汁，放进酒杯中，在忒修斯被引进来时把酒杯放在国王旁边。

忒修斯是外表很好看的年轻人，埃勾斯几乎无法相信他是密探。但是米蒂亚在他耳边低语，他就把致命的酒杯给了这位陌生人。

忒修斯伸手去拿。就在他这样做时，他的剑——国王自己的剑——掉在大理石地板上。埃勾斯认出那剑，认出他的儿子，就把酒洒在地上。在酒渗进大理石的地方，石头融化，乌头草迅速长出来。但当国王愤怒地转身时，米蒂亚就逃跑了。

海克力斯的十二项任务之一，是要把三个头的冥界看门狗色伯拉斯带到凡间。冥界之神普鲁托表示同意，条件是不能使用武器，因为他相信没有任何凡人有力量拖着这只三头怪兽到尘世去。但海克力斯却做到了。无论这只狂暴三头狗的口沫掉落在什么地方，就会有一株满是毒液的乌头草迅速长出来。

另一则神话则说，这种草本是冥界之神普鲁托基于他自己的阴谋而创造出来的。

有好一段时间都不曾有死者的灵魂来到普鲁托的地区，所以他感到很恼怒。于是他乔装成猎人到尘世去，创造出这种致命的草本。他跟其他猎人混杂在一起并告诉他们说，把这种草本植物的一点点汁液涂在箭头上，被射中的人就会立刻丧命。就如同他所预期的，一名使用这种新毒液的猎人不小心射中了他自己的一位同伴，这位同伴很快受伤而死。

普鲁托很高兴回到冥界，要去接收这个人的灵魂。但猎人们跑去找神医阿斯克勒庇俄斯，把他的命救回来。普鲁托非常生气，要求天帝朱庇特用闪电击毙这名神医。

朱庇特一做了这件事立刻很后悔。但阿斯克勒庇俄斯是太阳神的儿子，所以至少他不会前往冥界，而是会被诸神所接受。

牵牛花（Morning-Glory）

确实没有人会把这种可爱的花，这种早晨的荣光（glory of the morning）①，比喻为讨人厌的蠕虫。然而，它在植物学上的名字Ipomoea意思却是"像蠕虫"。由于旋花类植物会盘绕它纤细的茎部，爬上可能接触到的任何支撑物，所以林奈认为把它命名为Ips——希腊语"蠕虫"之意——很适合。牵牛花的习性类似旋花类植物，所以它很快就被称为Ipomoea，意即"像蠕虫"。

Ipomoea大量散布在美国各地，在这个国家的每个地区以野生状态生长。花园中常见的牵牛花源于美国热带地区，它的花是明亮的红紫色或雪白色。但现今，这种花从加拿大到智利都看得到，花朵有很多种悦人色调。

虽然牵牛花具优雅之美，但一旦种子撒在田野上，坚韧的蔓藤会阻碍谷物生长，很多地区的农人都认为它是有害的

———————————

① 牵牛花的原名。

121

植物。不过，园丁们似乎还是都会保留一个角落来种植这种令人感觉清爽的花卉。

来自日本的品种常见于花园中，都种植于美国的牵牛花旁，或也许完全取代它们。这种品种的牵牛花有绚烂的色彩，人们禁不住要相信日本的神话。根据日本神话，这种牵牛花是源自"天堂珠宝"，以非常精细的方式被创造出来，为的是把"太阳女神"从她的洞穴中引诱出来。

万物初创后很久的时间，有"八百个形形色色的"神祇住在天堂中，还有很多神祇和人类存在于尘世，位于"众岛的国度"——今日以"日本"为人所知。

在天堂中，"太阳女神"坐在竹制凉亭，为她的孩子们织衣服。她的弟弟是个淘气的神。在多次其他的恶作剧之后，他剥掉了一匹马的皮，把没皮的尸体丢到凉亭的屋顶，结果它落在"太阳女神"的脚旁，让她吓了一跳，以致纺梭滑落，伤到她的手指。

她很生气，就把纺织机推开，昂首阔步走进一个很深的洞穴，用一块岩石堵住入口，让自己的亮光再也不会在天上或在地上闪耀。此时世界处于微光状态中，因为只有一点点亮光从岩石四周泄漏出来。

诸神感到绝望。他们千般哄诱、威胁，都对这位倔强的"太阳女神"产生不了任何作用。最后，诸神诉诸"点子

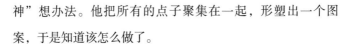

神"想办法。他把所有的点子聚集在一起，形塑出一个图案，于是知道该怎么做了。

首先，他派"飞神"到尘世，带回来一百只公鸡，把公鸡放在靠近洞穴的地方，让鸡啼声宣布太阳已升起，把"太阳女神"引出来。但这个方法有问题，因为"太阳女神"完全不去注意鸡啼。于是"点子"神再度动脑筋，这次他聚集更强有力的点子，想出方法。一切豁然开朗了。

他把一棵有百根树枝的树种在洞穴前面，装饰以华美的旗子，在上面挂着一条有五百颗多彩宝石的奇妙项链，宝石经过雕琢形塑，在最初的太阳光从洞穴出现时，可以把太阳光加以反射。但是"点子神"的最大成就是一个八尺长的镜子，用铁铸成，磨得很亮。他让镜子靠在树上，面对洞穴入口。

此时一切都准备好了。"惊天女神"开始在一个倒放的木制大盆上跳舞，她的木制便鞋在空洞的木盆上发出"咔啦"声，同时八百名形形色色的神一起笑着，像一种强有力的吼叫震撼天空，甚至传到下面的"众岛的国度"。

"太阳女神"感到很好奇。她并没有发出亮光，怎么还会有如此欢乐的声音出现呢？她走到入口窥探。

"惊天女神"愉快地舞动着，嘲笑她。"我们不需要你！我们有一个比你还更伟大的女神。看看她吧！"她指向八尺长的镜子。

"太阳女神"惊奇地凝视着，不知道那只不过是她自己的映影，由于来自五百颗宝石的折射亮光而变得很明亮。她着迷了。她不曾看过这样光彩的女神！于是她走近一步，再走近一步。一旦走出洞穴，"强臂之神"就抓住她，入口很快被关上，她无法回去了。

八百名形形色色的神为自己的成功感到高兴，所以就愉快地喊叫着，齐声喊叫着，强大的噪音震动天堂，以致那棵挂着宝石的树倒下来，五百颗明亮的宝石从天空掉落，散布在地球上，埋在地下，以多彩的牵牛花之姿再现。

所以，来自"众岛的国度"的牵牛花是那么的美、色彩那么华丽。它们是"天堂的宝石"。

日本牵牛花——"日升之花"——的远古祖先在中国开出美丽的花朵，只不过它们在当时被视为杂草。在佛教传到中国，迅速遍及各地后不久，日本僧侣和学者前往中国去进行研究。他们很欣赏这种中国的"小喇叭花"的美，就把种子连同新学到的佛学带回日本。

之后有好几世纪，牵牛花只生长在寺庙花园，疏于照顾，在中国曾经成为当初那种只开小花的蔓藤植物，在当时仍然如此。但一旦僧侣外的俗人接触到这种花，在他们的培植之下，花就变大，色彩更明亮而多样，条纹更多变。然后竞争的态势开始，每个培植的人都努力要尽可能研发出奇异的花朵，以便胜过邻人。

一八三〇年时出现了一阵名副其实的牵牛花热潮，是一次"朝颜"热——"朝颜"是日本人对这种花的称呼，类似十七世纪荷兰的郁金香狂热。任何不寻常的重瓣品种，只要一颗种子就可以卖十五美金到二十美金。

一八九六年还有另一次热潮，人们所竞争的不仅在于生产新品种，也在于为它们选择独特或诗意的名字。如此，在种植日本牵牛花的今日花园中，我们会很意外地看到"月之伞""佛陀的和服""露珠之色"，或者也许"夜莺之喉""鸽之翼"，或甚至称之为"湿鸦"的那种光华、暗黑的花儿。

水仙（Narcissus）

自古以来，诗人就一直在歌颂水仙。但对他们而言，水仙只有一种，就是诗人的水仙，开芬芳的白花，浅浅的花冠边缘装饰着接近红色的粉红。由于具有这种明显的特点，比较没有文思的凡人就称这种花为"雄鸡的眼睛"。

人们在花园中种植很多类别的水仙，但最受欢迎的是我们祖母所种的那一种，在早春就开的那种令人精神清爽的

水仙：别称凌波仙子、金盏银台、落神香妃、玉玲珑、金银台等，水仙在中国已有一千多年栽培历史，是中国十大名花之一。

花，很是可爱——水仙、长寿花以及黄水仙。

水仙的原名Narcissus是源自一个意为"麻醉剂"的希腊字，因为花的气味非常芬芳，有麻醉作用，如果吸入太多或吸入时间太长，会引起精神迟钝、嗜睡甚至昏迷现象。

一般人都认为，这个英

文原名是源自神话中那个爱上自己美貌的年轻人拿希修斯（Narcissus）。然而，古代人是先为他们发现具有麻醉作用的花卉命名，然后才创造出这个年轻人以及他的传说，以说明这么可爱的花如何存在于这世界上。拿希修斯的故事为人所熟知，但还是值得重述。

爱可（Echo）[1]是一个林地女神，疯狂地爱上常到她森林打猎的俊美的拿希修斯。但是天后茉诺撤除了这个女神说话的能力，让她只能够发出回音，因此经常只能复述他人句子的最后一个字。

她无法表达自己对拿希修斯的爱，因为当她接近而拿希修斯叫道"谁在那儿"时，她只能回答"那儿"。

"来这儿找我，"拿希修斯对着在浓密灌木林中回应他的声音叫道。

"找我，"她回答，于是灌木林分开，"爱可"女神出现。她看到拿希修斯站在一条小溪旁，就跑向他，用手臂抱着他。

凑巧所有的女神也都爱着拿希修斯，他感到极为困扰，因为她们干扰到他的打猎。他当然没有理会这位"爱可"女神。于是他粗鲁地推开她，跳过小溪，消失在远处的丛林中。

---

[1] 她的名字echo意思就是回声。

这位女神悲伤地站在那儿，凝视他的背影。她无法忍受自己的忧伤，就走到一个岩洞，任凭自己消瘦下去，只剩骨头和声音。骨头变成石头，成为洞穴地面的一部分，声音至今仍然飘浮在地洞和多岩石的地方。

另一名被这位俊美年轻人拿希修斯所拒斥的女神，则没有如此温顺地接受他的拒绝。她请求"复仇女神"让他爱上一个不会回报以感情的女神。"复仇女神"同意这样做。

不久之后，拿希修斯打猎回来，又累又渴，来到了一条山溪，山溪在岩石上方湍急地流动，在底下一个安静又可爱的水池中停栖下来。一边是长着羊齿的岩石，另一边是多草的低岸。

拿希修斯匆匆来到池边，弯身要喝一口水。静静的水面像水晶一般清澈。他俯身时，看到自己美丽的脸孔好似映在一个镜子中。他认为那是池中一个可爱的水精灵。于是他大声叫它——"爱可"飘浮的声音回应他。他着迷了。

他疯狂地爱上这个迷人的水中影像，伸手要去抓它，拥抱它，但它在阵阵涟漪中消失了。

"回来！"他拼命叫着！

"来！""爱可"的声音出现。他在寂静的水中对影像微笑时，影像又对他微笑。

拿希修斯无法忍受离开水池中这个可爱的人儿。一天又一天，他躺在那儿的多草岸上仰慕这个影像，跟他谈话——

并接受"爱可"的回应——最后，他在那儿憔悴而死。当他的灵魂被引渡越过冥河时，他从船夫恰伦的船上方俯视着，试图在那黑暗的水中看到那美丽的影像。

那些爱上拿希修斯的森林女神来接他的尸体，要把它带到一堆火葬用的木柴那儿。但是当她们到达林地的池旁时，他的尸体已经不见，取而代之的是一朵对着池岸俯身的白花，下面的水中映现所有的美。月神黛安娜已经把他变成一朵从此以后将被称为水仙的花。

长寿花（Jonquil）的黄色花朵在形状上类似水仙，中心像一个浅杯而不像黄水仙的管状深杯。古代的罗马人注意到这种植物那又高又狭窄的叶子，认为它想必是一种小小的灯芯草，却开了可爱的花朵，所以就将它命名为Jonquil，意思是"小灯芯草"。

在很久、很久以前，黄水仙的名字是asphodelus，意即"国王之矛"。古代的人认为，这种花照亮了"极乐园"，提供欢乐给"那些住在'国王之矛'的黄草地中的快乐人们。"

懒散的人们开始把"国王之矛"的原文asphodelus误读为affodil。然后有人认为，在这个字前面加一个d，听起来会比较悦耳。所以从那时起，它就成为daffodil（黄水仙）或较具深情成分的daffodilly或daffadowndilly。

天帝朱庇特怀恨女神普萝色苹，就说服"大地"长出这种花，趁爱神丘比特把一支箭射进冥界之神普鲁托无情的心中时，引诱普萝色苹进入田野中。热情的普鲁托看到普萝色苹出现在黄水仙之中，很想拥有她。他把她抓起来，用他的战车把她载走，此时黄水仙的花冠形成一个杯子来承接她的眼泪。

童谣把这种花那引人注目的圆弧形描写为"一件黄色衬裙"，告诉我们说，"此时黄水仙已经来到城镇"。但在一则很久以前的传说中，它则是一顶宽阔的黄帽，隐藏着一个顽皮的小公主脸孔。

这位公主爱上一位农家少年，这位少年每天都会带着蔬菜到城堡。有一天早晨，国王逮到他们在一起，非常生气，就下令把少年斩首，但看到女儿流泪就心软了，免他一死，但条件是，他永远不得再接近城堡。

但爱情是无法被磨灭的。公主开始乔装成农家女孩，溜到田野中。有一天，她穿着一件蓝绿色罩衫，戴着一顶高帽冠的黄色防晒帽，和这个农家少年手牵手走在一条乡间小路，在转弯处国王和他狩猎队的所有成员忽然出现。国王立刻认出女儿，在愤怒中抽出长弓，然后一支箭直穿她的心脏。

但她倒下后，身体却不见了，而小路上出现一株高高的植物，是一朵黄水仙，它的蓝绿色叶子就是她的罩衫，它的花瓣就是她的黄帽。旁边立着一朵长寿花，因为那个农家少年在同一个时刻，变成了一种将一直跟她结合在一起的植物。

旱金莲（Nasturtium）

这种华美的花值得一个较愉悦的名字，因为它的原名 nasturtium意思是"扭动鼻子"，就像一个人在嗅到不好的气味时做的动作。这个名字与这种从秘鲁安第斯山低地中的分布区，进入世界花园的诱人攀爬类植物并没有关联。

事实上，古代的罗马人种有一种气味难闻的水芹，他们称之为nasturtium，因为它确实会使得人们扭曲鼻子。以后，这个名字被使用在所有的水芹上，甚至有一段时间成为它的类名，而非现今的Rorippa①。但是花园的nasturtium（指"金莲花"）跟以前称为Nasturtium的Rorippa并没有关联，后者包括了一般的水芹及其同类植物。

然而，当这种秘鲁的藤蔓植物传到英国时，它很快被称为"印第安水芹"，因为人们食用以它味道辛辣的叶子、甚至华美的花所做成的沙拉，而腌过的荚果则用来取代山柑

---

① 原文错字。

花蕾。由于它被认为是另一种水芹，所以很快就变成另一种nasturtium。

林奈在一七三七年得知它完全不是一种水芹，就为它取了类名Tropaeolum，即"战利品"，因为他观察到它的盾状叶和头盔状花朵，而盾和头盔让他想到战争的战利品。

由于花是头盔状，秘鲁的西班牙人就把这种植物命名为capuchina，即"小头巾"。早期的英国植物学家看到这种花时，只会称它为"黄色的云雀脚跟"，因为任何有显眼马刺形突起的花，都一定会让他们想到云雀状似马刺的脚跟。

被印加人统治的克丘亚印第安人也许为金莲花取了一个名字，意为"金块"，是将它的黄色花和他们有关这种花的起源故事结合在一起。然而，这个故事首次出现不可能是在西班牙人到来之前。

在被西班牙人征服的残酷时期中，出现了背叛、受折磨以及疯狂寻求黄金的情况，而印第安人勉强接受新的统治者。之后，很多人被迫信了教。但这些印第安人不可能完全放弃他们祖先的神祇。他们先忠实地参加弥撒——然后溜到山中，秘密崇拜他们自己的神。

有一个改信教的人接受施洗后取名为朱恩。他村庄中的神庙被西班牙人掠夺，山中的秘密隐藏处需要有黄金打造的新神像。朱恩同意提供黄金，另一位身为艺匠的克丘亚印第安人负责制造神像。

朱恩知道一条山溪，可以在春天洪水来临之前建起一道粗陋的水坝。等到洪水冲过来，从高处筛下黄金，黄金就会卡在他建的水坝后面，他就可以把黄金舀起来。

洪水时间来了又去，朱恩爬上水坝。那儿出现成把的金块。他用寒绿色的草制成的袋子装满金块，留下至少另一袋在那儿。他感谢山神慷慨赐给他黄金，开始沿着通到山中的小径走着。

三个西班牙人正从同样的小径骑马过来。其中两位在一条溪旁下马，但另一位叫马丁尼兹的继续往前骑，坚定地爬着山，转过一个弯，几乎要骑到这个肩上背着一个袋子的印第安人上方。

"你袋子中是什么东西？"他问道。

朱恩摇了头，不了解对方说什么，开始走回丛林中。但他这样做是错的。不一会，马丁尼兹赶上了他，用鞭子较粗大的一端打他。马丁尼兹打开袋子，看到闪亮的金块，心生贪念，又转向这个印第安人，拷打他，要他说出在何处取得黄金。

朱恩认为自己死期将近，在绝望中呼叫山神。

"你给了我金子，现在再拿回去吧！"他请求着，"金子是要给我们的神祇的。不要给西班牙人享有！喔，山神，拿回去吧！"

他的力气衰竭了，马丁尼兹认为他死了。他转向自己的马，但就在那个时刻，马匹惊退，袋子弹了出去，里面的黄金散落在小径旁边的丛林中。

马丁尼兹跪下来，爬进树丛中，在树叶中挖着，要找回宝物。结果他的手被一条毒蛇所咬，死得很惨，也死得没有意义，因为那儿并没有金块。如果他稍微往高一点的地方看，就会看到一堆恣意伸延的蔓藤，开满金黄色的花，叶子是由寒绿色的袋子形成。山神已经取回金块，把它们变成这些黄花。

朱恩并没有死，故事结束；他已经目睹山神所施展的魔力，在另外两个西班牙人还没有骑上来发现同伴之前，已经慢慢爬开。几天之后，他能够再度前往水坝那儿，带着一袋金块到那个捶薄黄金打造神像的克丘亚印第安人那儿。

大花三色堇（Pansy）

莎士比亚告诉我们，大花三色堇是让人们沉思用的花。早在莎士比亚的时代之前，法国人就把这种迷人的小花命名为penséé——"沉思"，然而这个字很快成为英语的pansy，也就是它现今的名字，并且持续好几世纪之久。

在德国和北欧，它被称为"小继母"。有一则挪威的民间传说可以说明：为何这样一种外表令人愉快又可爱的花朵，会有如此不寻常的名字。

一个小女孩跟侏儒们交上了朋友，她时常在没有大人出现时于自己的花园中跟他们一起玩耍。她听过有关继母的所有不愉快的事，所以当她的父亲要再婚时，她就请求侏儒们把父亲要娶的女人变得可爱又温和，每个人都会爱她。

婚礼那天，父亲带着新娘到花园中的小屋，侏儒们都在那儿，从玫瑰花后面窥视着。新娘走过他们身边时忽然消失了，而在她曾站着的地方，有一朵大花三色堇盛开着。小女孩的愿望达成了——每个人都爱她的"小继母"。

罗马尼亚有一则故事，是有关一个年轻的国王在侍从的陪伴下旅行到一个远方的国度。在所造访的王宫中，他看到一个女孩在铺床，是一个外表高贵又可爱的女孩，他立刻爱上她。但国王不能迎娶女仆。他跟王宫的主人共谋，让她穿上丝制衣裳，以公主的姿态出现，这样他的侍从就不会把消息传回年老的母后那儿，因为这个年轻的国王很怕母亲。

这个女孩成为他的新娘，高傲地在他身旁骑着马，到他自己的国家，到他自己的王宫，到他可怕的老母亲那儿。

这个女孩完全是一派王后应有的模样，国王的臣民都极为喜爱她。这使得母后非常吃醋，但是她又能怎么样呢？最后，她想到一位魔法师，就把他暗中召到王宫。他能看透过去的事，立刻知道这个女孩只是一个卑微的农家女。

"把她变成一只蟾蜍吧！"生气的老女人尖叫着。

"她太美了。"魔法师说。

"那么把她变成一只孔雀！"

"她太谦虚了。我只能把她变成像她一样又美又谦虚的东西。"

老王后只好同意。

他们发现这女孩在花园走着，穿上适合王后身份的衣服，是紫色天鹅绒服装，喉咙地方是一条金色蕾丝。魔法师念念有词，于是她就变成一朵大花三色堇，花瓣和她的天鹅绒衣裳一样柔软，呈华丽的紫色，金色蕾丝镶在中央。

说这个故事的罗马尼亚人补充说，当大花三色堇的脸孔在清晨闪亮时，人们千万不要把那水晶般的水滴误认为雨滴或露水，那是很久以前那位新娘在为年轻的国王哭泣。

大花三色堇只是一种名为Viola tricolor的三色堇，它的五个花瓣扩大，质地更精致，色调更多样。几乎每个人都知道它是旧式花园的"心灵的安慰（heartsease）"[1]。但不是每个人都熟悉它在较浪漫时代的一些名字——赋予它这些名字是为了传达某个讯息。

当一个情郎收到"强尼快吻我（Johnny-kiss-me-quick）"时，他并不需要口头上的邀请。当他收到名为"拥抱我（cuddle-me-to-you）""跳起来吻我（jump-up-and-kiss-me）"或"在花园吻我（kiss-me-at-the-garden-gate）"的大花三色堇时，情况也是如此。不会有少女大胆到要求爱抚，但就习俗而言，她却可以以微妙的方式表达自己的愿望，那就是送一朵流行名字的大花三色堇。

"火焰"是一个常听到的名字，人们在火焰中看到大花三色堇而想起这个名字，并不是那么有诗意。另一个受欢迎的名字是"我的约翰的粉红色（pink-of-my-John）"，刚开

---

① 指三色堇。

137

始时是"我的约翰的挑选品（pick-of-my-John）"，让人想起一种情景：一个女人骄傲地展示一朵大花三色堇，表示是她所珍爱的人最喜欢的花。

在莎士比亚的戏剧中，欧伯隆要普克把一朵大花三色堇放在蒂坦妮亚的眼睛上，他使用的名称是"安逸中的爱（love-in-idleness）"①：

"它的汁液落在睡眠的眼皮上

会使一个男人或女人疯狂地溺爱

它所看到的下一个生物。"

大花三色堇被称为"一条头巾下的三个面孔（three-faces-under-a-hood）"的原因并不清楚，因为大花三色堇只有一个"面孔"——除非这句话是指三个颜色。因为这三个颜色，它有了"三位一体草本"这个名字，又由于这个名字的缘故，大花三色堇成为"圣三一主日"时教堂人们最喜爱的装饰品。

这种花也跟圣华伦泰有关联，所以在"圣华伦泰日"②，最适合的礼物是一束天鹅绒似的大花三色堇。但是，如果花

———————————

① 以上三人皆为莎士比亚《仲夏夜之梦》中的角色。

② 指情人节。

上面还有露水的时候，是不宜采撷它的，因为这样会在新的一月还未到来前引起所爱之人的死亡，要流很多眼泪。

一朵不起眼的小三色堇曾引起约翰·巴春姆（John Bartram）的兴趣。巴春姆是美国第一位杰出植物学家，于一七二八年在靠近费城的京色辛地区创立了美国第一座植物园。但他是在二十好几的时候才开始认真思考花卉的问题。

他是一个农人。有一天早晨，他站在自己的花园门口，指示他雇用的人那一天要做什么事。此时他弯下腰，从门旁的花坛中摘了一朵大花三色堇，一面闲谈着，一面一片片扯掉它的花瓣。

他所雇用的人走向田野时，巴春姆看着手中的花，第一次意识到它的存在。此时花已没有花瓣，剩下的部分排列方式很奇怪，让他印象相当深刻，所以他就采集了一把大花三色堇，匆匆进入房子，进行详细的检视。

这是他对花卉感兴趣的开始。他很着迷，立刻开始研究植物学和拉丁文。

很久以前一位说故事的欧洲人观察到巴春姆在扯掉花瓣时所看到的那些部分。这个欧洲人把这些部分描述为"一个矮胖国王坐在绿色王座上，脚放在一个绿色的盆中"。

这个矮胖的国王（雌蕊与雄蕊）对于自己的大脚很敏感，把脚放在一个绿色盆（马刺状突出）之中，加以隐藏。

他的妻子和四个女儿（五个花瓣）总是穿着最华丽的天鹅绒服饰，而她们又喜欢炫耀自己的衣裳，所以就挤进国王的王座（花萼）之中，她们紧紧地压在他四周，所以沉重的天鹅绒衣裳慢慢让他窒息而死，而仙女们同情他，就把所有的一切，包括国王、妻子、女儿、王座和绿盆，变成一朵大花三色堇。

牡丹（Peony）

　　海克力斯把冥界的看门狗，那只三个头的色伯拉斯，带到尘世，又把它拖回去。在与冥界的这只凶猛怪兽缠斗时，他意外地让冥界之神普鲁托受了伤。

　　普鲁托去找诸神的医生，也就是阿斯克勒庇俄斯的学生——年轻的皮恩，请他疗伤。皮恩感到很荣幸。由于这个病人身份特殊，他就向太阳神的母亲征询意见。她给了他一种很珍贵的草药，使用了之后，普鲁托的伤很快就治好了。

　　阿斯克勒庇俄斯嫉妒心大发。应该是他来治疗老普鲁托的伤，太阳神的母亲应该把草药给他，因为他不正是太阳神的儿子吗？他的怒气渐增，就使用自己对于草药的丰富知识致年轻的皮恩于死命。

　　普鲁托很生气，因为他很感激这个年轻人皮恩。但既然皮恩已死，他能尽力做的事就是把他的尸体变成那种被用来治愈他伤口的植物。所以皮恩（Paeon）就变成牡丹（peony）。根据这则神话，牡丹是第一种被使用在医药上的草本植物。

牡丹起源于诸神之间，所以古人视之为很有价值的药用植物，尤其具有某些神奇特性。经过好几世纪后，它的奇妙效用有增无减，后来就变成万灵药。它能够驱除潜进无辜身体中的恶魔；它能够破除最强有力的魔法；它能够惊吓女巫，或迫使幽灵匆匆逃回坟墓。

古代人还有其他关于牡丹的故事。

欧利恩（Orion）是海神的儿子。他父亲赐给他的天赋之一是：能够穿过最深的海，但同时头部能一直浮在水上方。欧利恩不仅是一个极为英俊的年轻巨人，也是一位伟大的猎人，因此成为女猎人黛安娜最喜欢的人。事实上，黛安娜迅速爱上他，这使得她哥哥太阳神阿波罗很不高兴。

有一天，阿波罗看到一个黑点在远处的海上移动，认为那是欧利恩漫游穿过水中，就把妹妹黛安娜叫来，指给她看。

牡丹：别称鼠姑、鹿韭、白茸、木芍药、百雨金、洛阳花，是中国特有的木本名贵花卉，还曾经被叫作中国的国花。

"你的箭射得快又准，但你永远射不到那么远的东西。"他嘲笑她。

于是黛安娜迅速在弓上装了一支箭，射了出来，只微微瞄了一下那个小黑点，在蓝色海水衬托下几乎看不到的浮动着的一个黑点。箭直接飞向标的，立刻射死欧利恩。黛安娜发现自己射死的是心爱的年轻人，但已经太晚了。海浪把尸体冲到岸上，她跪在他旁边哭着。

身为月神的黛安娜把欧利恩安置在群星之中①。在黛安娜跪下来的地方，以及她温暖泪水所滴落的海岸上，有牡丹长出来，花瓣发亮，因为它们是月儿放射出来的。

娇小的皮欧妮亚（Paeonia）是一位森林女神，以可爱的美姿和羞怯模样出名。有一天，她离开在森林中一个水池旁跳舞的其他女神，进入附近的草地去收集金凤花。

她站在及膝的黄花之中。当阿波罗刚好走过时，看到她太迷人了，舍不得走过去。一会儿之后，他就向她求爱了。皮欧妮亚难为情地转开头——维纳斯就站在那儿，皱着眉头生气地注视着他们。

小女神脸色羞红。就在那个时刻，维纳斯把她变成那朵今日仍以她为名、呈现她深红脸色的花朵。

---

① "欧利恩"的原文Orion是"猎户座"之意。

古代人的这种牡丹是老式花园中的红色牡丹，是祖母们很引以为傲的"牡丹花儿"，在普利尼的时代——第一世纪末——之前就为欧洲人所培植，是早期的殖民者带到美洲的最早花类之一。

美国有它自身的一种牡丹，原产于太平洋沿岸，但有其他品种来自地中海区域或远东地区，主要来自中国。这里有一则来自中国的传说。

有个不算富有也不算贫穷的男人，拥有一间舒适的房子和一座种满上选牡丹的花园。牡丹仅次于他引以为傲的三岁小女儿"椴桲蕾"，是他最喜欢的东西。每天从市场回来，他就直接走到花园，进行牡丹方面的实验，研发新品种，最后他研发出一种黑玉色的牡丹。

整个世界上没有其他像这样的牡丹，他的声名远播，人们都争先来观赏。这种牡丹只有一朵花，巨大而多瓣，呈黑玉色，是这位商人心目中值得夸耀的东西。

有一天，小"椴桲蕾"在花园中玩耍，她的保姆照顾着这个孩子，也照顾着那朵珍贵的牡丹。此时一位商贩带着货品来兜售。保姆买了一件东西，她去拿铜板付费时，商贩跟着她在房子绕了一圈。

小女孩自己一个人待在芬芳的花园中。她环顾四周，看到一朵花与所有其他的花都不同，就摇摇晃晃走过去，把花茎往下扯，摘下花来。它正是唯一的黑牡丹。就在那时，一位要前往山中城堡的高傲领主骑马经过。

他的眼光被那朵黑牡丹所吸引，就勒马停下。如果这朵花供奉在他的白色大理石大厅，看起来会非常特别。

"把你的花给我。"他对小女孩说。

她摇了摇小小的头，把花藏在背后。

这位领主大发脾气。他这辈子不曾有人拒绝给他任何东西。这个拒绝给他一朵花的顽童是谁啊。顷刻之间，他已经进入花园了。

"我要把你也带走！"他咆哮着，于是他把她抓起来，跳上马，奔驰到山中。

"楖梓蕾"吓得叫不出声来。此时领主把她紧压在自己前面，她就在自己的两只小手之间紧抓着牡丹花，挤压着，直到花瓣松开，一瓣一瓣掉落，标示出通往城堡的整条长路。

保姆回来，看不到小孩，开始疯狂地到处寻找。人们跑进来，想要知道为何这朵知名的黑牡丹花瓣落在长远的道路上。

人们很容易就循线找到小女孩。她的父亲很感激，因为小女儿摘了他花园中唯一的黑牡丹，指引了寻找她的路，所以他并不因为损失黑牡丹而伤心。

这位疏忽责任的保姆下场是非常可悲的，而那位高傲领主的下场则太恐怖了，让人不忍在这儿叙述。

　　美国和欧洲花园中的"中国牡丹"也可以称为"日本牡丹"，因为它原产于这两个地方。日本一则相关的故事也许是历史，但更可能只是传说而已。

　　时间是公元四一三年。一个高傲的年轻女人正跟母亲在花园中散步，采集着牡丹要插在花瓶中。女人手中满抱着牡丹花时，有一位来自远方省份的贵族骑马经过。她略微认识这位贵族，当他停下马时，她很高兴。

　　他没有下马，向她要一朵花。

　　"你要我的一朵牡丹花做什么呢？"她微笑着问。

　　"要赶走我马上的苍蝇。"他高傲地回答。

　　女人听到这句侮辱她的话很是生气，立刻跟母亲掉头走开，但别过头叫道，"我不会忘记这件事！"当时她已经知道自己不久就要成为日本的皇后，以后大可以给他颜色看。

　　不久后，她嫁给了天皇允恭，找到了这位贵族，派人把他带过来见她，因为她想在砍他的头之前先嘲弄他一番。但他来时却带来一大把牡丹，很谦卑地放在她脚旁。皇后心软了，只解除了他贵族的身份，着实责骂他一顿后放他走。

　　中国的牡丹——"芍药"，在大约一八〇〇年传到英国，不久之后美国的花园就有人种植，淡色的花朵与深红色的老式牡丹形成强烈对比。

矮牵牛（Petunia）

根据历史记载，发现墨西哥的人是哥尔多华（Córdova），只不过，当哥尔多华的三艘小船于一五一七年开进卡多切角并下锚时，就已有两位遭遇船难的白人水手住在犹加敦，娶了漂亮的马雅——基切族女孩。

哥尔多华发现了这个不毛之地后，向南航行到肯培契湾。那儿的植物很茂盛，印第安人很友善。无论他待在那儿的期间还可能从他们的语言中学习到其他任何字词，有一个他学会的词将经历好几个世纪而仍留存下来。那就是Petun，明确地意指"烟草"。

马雅——基切族对于那种像杂草一样繁茂地生长，且与烟草有关的小花植物称呼，哥尔多华不曾学到。他只热烈地在神庙中寻觅黄金，所以也许他根本没有去注意这种美丽的小花。

但三百年后，当玖休（Jussieu）为同样这种小植物寻求命名时，他是称它为Petunia，有很多有关美国的书同时写出来；在烟草的所有原住民名称之中，马雅——基切族们所说的Petun是最为熟悉的。在南美，烟草的名字有Petyma、Putuma、Pitema，因部族不同而有所差异。

从肯培契到阿根廷是一段很长的路，但是长在墨西哥半岛上的这些小花，也沿着拉布拉他河及其支流的丛林河岸大量开放。

也许，那些前往河口捕鱼的印第安人时常看到这些小花。也许，这种玫瑰紫或白色的明亮小花融进了他们一些传说中。也许，那些一直在注意奇异但实用植物的早期耶稣会传教士注意到了这种花。但是，要到一八二三年，它们才被"发现"。

有个在北阿根廷的丰富植物群中寻觅物种的人，在靠近拉布拉他河的河岸发现了很多小白花。这是新品种！他很热心地收集了种子，立刻送到法国和英国。

第二年，即一八二四年，从这些种子长出的白色矮牵牛在英国和法国开放，而玖休把这种植物命名为Petunia nyctaginitlora，意即"在夜晚受精的矮牵牛"。白色的矮牵牛在黄昏时会散发最强烈的香气，此时飞蛾会在它四周群聚。自从玖休的时代以来，它的名字就被改成Petunia axillaris（腋生矮牵牛）。

开玫瑰紫花朵的矮牵牛是在一八三〇年被发现，长在形成拉布拉他河的两条大河之一的乌拉圭河河岸上。它于一八三一年第一次在英国开花，被命名为Petunia violacea（矮喇叭花）。

还有十二个或更多的其他品种，但一般人相信，所有花园中的品种都源自这两者。

然而，今日很多华美的喇叭花都是巨大、重瓣的，花冠起皱或有深沉的外缘，跟长久生长在肯培契、尤卡坦、阿根廷和巴西不为人注意的单纯小花并没有什么相似处。

矮牵牛：别称碧冬茄。花单生，呈漏斗状，重瓣花球形，品种繁多，广泛用于公共场景布置，家庭装饰等。

草夹竹桃（Phlox）

　　女巫们并没有告诉我们，她们为何特别喜欢将草夹竹桃混合以有毒的天仙子和毒芹。就此事而言，我们也无法知道苏塞克斯郡的人如何发现女巫们喜欢草夹竹桃！

　　无论人们是如何知道这个秘密的，反正女人之间彼此相传，事情就传开来：在房子前面和后面种草夹竹桃是很明智的事，因为任何到达种植地旁边的女巫都会很高兴，忙着采集，然后匆匆离开，不去骚扰房子本身。

　　草夹竹桃是一种美国植物，但英国的花园也一直在种植这种植物，已经有大约三百年之久，甚至在十六世纪时就已经存在于那儿了。普鲁克尼（Plukenet）在一五九一年于伦敦出版的一本植物志中，提到这种花很像剪秋罗（Lychnis）——与石竹同属一科，就把这种新花命名为"剪秋老牛筋"（Lychnidea）。

　　"剪秋老牛筋草夹竹桃"的名字持续了一个半世纪。后来林奈才开始根据自己的体系把植物加以分类。只要可能的话，他都保存旧名字，因为根据植物学家的规定，加诸一种植物的最早名字，如果没有充分又足够的理由，不应用别的名字来取代。

但是当林奈于一七三七年读到普鲁克尼的"剪秋老牛筋"时，就认为这个字全错了。他说，首先这个字是形容词，这是行不通的。其次，这会让人认为这种植物跟剪秋罗有关，而这也是错误的。属石竹科的剪秋罗有五个花瓣，而草夹竹桃的花冠是无齿缺的；石竹的每个小室都有很多种子，而草夹竹桃只有一个或两个种子。

"剪秋老牛筋"这个字必须加以舍弃。但尽管聪明的林奈尽力而为，他还是将这种植物和普鲁克尼很久以前所选的名字相互结合。剪秋罗（Lychnis）一字源自希腊文，是"灯"的意思，所以林奈就称呼这种植物为"草夹竹桃"（Phlox），此字在希腊文中为"火焰"之意。

在五十种草夹竹桃中，只有一种不是美国原产，它源自西伯利亚。其他的种类从魁北克往南散布到佛罗里达，往西越过欧陆到太平洋岸。它们生长在低纬度、炎热、多沙的地区，也生长在凉爽的高山。

种在花园的草夹竹桃根据花的颜色、大小和形态而有很大的差异，但几乎全都只源自两个物种。

如果这植物是一年生的，那它的远祖是生长在德州平原上。德鲁蒙德（Drummond）于一八三四年在那儿发现了它，他收集种子，于一八三五年及时把它们送到英国，以利春天种植。当花在几个月后开放时，虎克（Hooker）就把它命名为"小天蓝绣球"（Phlox drummondii）①。

如果花园中的草夹竹桃是多年生的，那它的始祖则是"天蓝绣球"（Phlox paniculata），在美国还没有开化之前，这种植物就广泛散布着，从宾州伸延到整个南部，向西伸延到大草原。

这些外表庄严的一年生和多年生植物显得华美又艳丽，每个人都会承认它们的名字Phlox——"火焰"——是很适当的。然而小小的地衣石竹——"针叶天蓝绣球"（Phlox subulata）——更是如此。如果花在早春盛开，人们从远处看时会容易误认它是一大团火焰爬上山边，被暂时压抑住。

契卡索印第安人就把这种长得很低、蔓延很快的草夹竹桃——地衣石竹——编织成一则传说。这则传说在南部尤其盛行。

契卡索印第安人是最不安定又好战的部族。由于他们拥有富饶的狩猎地，并不想迁居，所以他们必须在战争中满足他们对于刺激事物的渴望。由于北方没有部族出现，他们就

————————

① 原文错字，其中的drummondii意在纪念德鲁蒙德。

转向邻近部族，甚至是他们的盟友。

太长期的和平让他们感到很厌倦，于是他们派遣一群殖民者往东去安顿于库沙族的土地上，白人在很久之后把库沙族命名为"柯利克族"。在这些殖民者中有一个小男孩名叫楚拉——"山鸟"之意。他认识森林所有的野生动物，会分别用松鼠"突尼"、鹿"艾希"以及浣熊"夏威"的语言跟他们谈话，甚至野猫"可因苏希"也是他的朋友。

这群契卡索殖民者沿着沙凡那河安顿下来，入侵"柯利克族"的狩猎地，但库沙人忍受着，直到殖民者的女人们清理好狩猎地，种了美好的谷物、豆子和瓜类，而男人们则已种植了烟草，然后"柯利克族"就去攻击他们。

比起敌人，契卡索族人数算是很少，但他们是骁勇的战士。激烈的战斗持续了三天，跟往常一样在日落时停止。他们派遣一位信差到自己的主要部族那儿，部族的战士正急切地等着被召唤前来。但这位信差在几乎还没有出发之前就遭受伏击。所以这小群人只好孤军作战。

第三天结束时，他们知道再也撑不下去，所以就留下营火继续燃烧，开始匆忙朝自己土地的方向西撤。但"柯利克族"已经预期到这一点，就在一大片森林放火，让契卡索人无法越过。

就在此时，小楚拉就号召了他的朋友们，包括鹿、浣熊、松鼠和野猫，去帮助他的族人。男人和女人努力扑熄森林的火，清出一条通路，动物们则跟在小孩后面，践踏火热的煤炭，或抓起燃烧着的树枝，把它们丢开。

飞舞着的灰烬把松鼠的美丽白色外表染成灰色，之后一直都是灰色；松脂的烟在浣熊的多毛尾巴上留下大黑圈，而已经被火烧成红热的野猫毛上出现斑点；又长又松软的鹿毛几乎被烧光，再也无法重长。

但契卡索族还是熬过了，因为当"大神"看到这些动物如此豪勇地助以一臂之力，又在火中受苦，他就把所有仍燃烧着的煤和树枝变成一大片又宽又厚的火色花朵。

第二天"柯利克族"到达时，森林大火已熄灭。在烧黑的树干中和完全荒凉的状态中，他们发现一条宽阔的绿色通道，铺着火焰似的小花，也就是我们今日所知道的地衣石竹。

另外一种草夹竹桃在美国蔓延甚广，开出簇簇俊美而以"野生香威廉"为人所知的蓝色或粉红蓝的花儿。

石竹（Pink）

这种老式花园中最为人喜爱且今日很多花园中人们引以为乐的花，之所以名为"粉红"（Pink），并不是花色的缘故。这是源于它的花瓣出现精致的外缘或锯齿状（Pinked）①，好像确实是仙女用锯齿状熨斗压过去。

是爱尔兰人把它命名为Pink。

坚决相信有小矮人的爱尔兰人祖母会告诉你说，最初，美丽的花瓣边缘全是平滑的，但仙后需要一件新衣，而在所有的花卉中，她选择了这一种，因为它很香。仙女裁缝剪了花瓣，让它们出现相称的边缘，收集足够可以做成衣服的花瓣之后，剩下来的花瓣直到今日仍保留着缘饰。

英国人称这种花为"丁香石竹"（gilliflower），这是以迂回的方式取得的名字，因为它具有丁香的香气。

生长着丁香树的南海"香料群岛"，直到大约一五一二

---

① Pink除了意为"粉红色"之外，也可以当动词"使…呈锯齿状"。

年才被欧洲人发现，但在这之前的两千多年间，爪哇、锡兰，和远东很多岛屿的水手们都知道"香料群岛"，他们与中国和印度进行活络的丁香贸易。

中国人称呼丁香为"坚果花"，因为蓓蕾的球状花瓣像小坚果，然后又称呼它为"指甲香料"，因为丁香花苞长得像指甲。这两个名字在公元早期随着这种流行的香料一起传到欧洲，很快为欧洲人所采用。在古老的法国人之中，名字变成了giroflier（丁子香）以及clou de giroflier，即"美甲丁子香"。由于石竹具有丁香的美妙香气，所以在当时也被称为"丁子香"。

英国人接受法国名字，但他们喜欢自己的发音法，所以clou变成clowe，最后变成clove（丁香），而giroflier（丁子

石竹：别称洛阳花、中国石竹、中国沼竹、石竹子花，其性耐寒、耐干旱，不耐酷暑，在中国古代也有很多关于石竹的诗词。

香）经过多次的变化后变成gilliflower（丁香石竹）。英国中世纪诗人乔叟曾提到"丁香石竹"，这表示当时这种花正在英国花园中盛开，也许它被引进英国的时间要上溯到比这更早的时代。

在十六世纪的英国，丁香石竹在草本花园中是一种很重要的植物，种植的主要目的是：使用它芳香的花瓣来为酒提供浓郁的酒香。布雷恩（Bullein）于一五六二年写道，这种花的"效益不亚于它让人感到愉快的特性。它们不仅保存人的尸体于不腐，也因为具迷人的特质和非常美妙的气味，让人免于做噩梦"。

据说，伊丽莎白时代的伟人都拒绝喝没有用这种香花浸泡且没有至少一片丁香石竹花瓣浮在其中的酒。由于这种习俗，这种非常美丽的石竹就有了一个不太相称的名字——"浸于酒中的食物"。

两千多年前，北非的阿拉伯人认为他们的石竹很有价值。当地人有一种以很苦的药草制成却非常具有退烧效果的药物，他们使用石竹的芬芳花瓣，为这种药提供较可接受的味道。阿拉伯人越过地中海时，基于贸易目的，他们随身携带石竹，用来交换一些花朵芳香的植物。

奥古斯都皇帝派遣军队到西班牙镇压一次叛变。军官们对西班牙医生所使用的这种"美妙的草本植物"留下很深的印象，因为西班牙人误解了阿拉伯商人，认为石竹具有药效，有很奇妙的治疗效果。当罗马的军队乘船回国时，都随身携带很多这些珍贵的植物。

然而，使得这些非洲的石竹在罗马大受欢迎的原因，却是这种花的美与香气。从此以后，在宴会中所戴的花冠都要在其中编织一些石竹，增加美妙的芬芳。有人说，由于在花冠中使用这种花，"康乃馨（carnation）"①一字其实是"冠冕"（coronation）一字的误用。其实不然。南欧的石竹在野生状态中呈美妙的淡紫色，经过培植后变成"肉的粉红色"，因此名为carnation（康乃馨），意思是"肉色"。当史本赛（Spencer）和其他作家称呼"丁香石竹"为coronation（冠冕），那只是原字carnation（康乃馨）的误用。

南欧的这些"人肉色"石竹，跟阿拉伯人用来为他们的药添加风味的石竹属于不同品种。非洲的石竹在西班牙和意大利种植很久之后，是如何传到法国的呢？我们从当时的一则历史中得知经过。

路易九世领导第七次十字军东征到埃及和"圣地"，只因王后驾崩而他的王国需要他，他才回到了法国。一二六七年，第八次十字军东征正要开始进行，要由路易九世来领

---

① 石竹科石竹属植物。

导，加上英国王位继承人和西西里国王作为其联盟，他们计划在突尼斯相会。

法国人一直到一二七〇年才启航。他们到达突尼斯时发觉没有其他人在这，而阿拉伯人并不欢迎他们，且颇具敌意，人数又众多，所以，法国人没有获得所预期的支持，变得很无助。他们只能等待盟军出现。

非洲炎热的阳光使他们生病，瘟疫肆虐军营，有数以千计的人死亡，其中包括路易九世。但另有数以千计的人却从死亡边缘复原。他们相信是阿拉伯人那种用石竹制成的药救了他们；他们像西班牙人一样并不知道，石竹只是用来中和药中的苦味。

法国人没有了国王的领导，就无心继续东征，只想回到家乡。他们启程回国时从突尼斯随身带着这种在军营四周长得很茂盛的奇妙植物。

由于这种植物来自突尼斯，法国的学者就把它命名为"突尼卡"。最初他们只为了药用而加以培植，等到医生发现石竹的治病价值大部分是在于这种花深入法国人心中的想象，人们才改而为它的美和芬芳加以培植。

这种非洲石竹——"神之香花"（Dianthus fragrans）——不久就失去了它原有的名字"突尼卡"，所以不要把它跟与"神之香花"有紧密关联的"虎耳草石竹"——"突尼卡虎耳草"——混为一谈。

神奇的培植方式把气味芬芳的"丁香石竹"——"香石竹"——变成了今日我们所看到的巨大、重瓣康乃馨。美丽的康乃馨已经失去"丁香石竹"迷人单纯的特性，但保留了它所有的浓郁香气。

有一个故事谈到路易十五的孙子，即年轻的勃艮地公爵。他想必很容易轻信别人且非常喜欢奉承的话。

"我很想知道，"他的一个朋友对他说，"你是否了解自己拥有真的很杰出的力量。你甚至可以随心所欲支配大自然，它会服从你。"

这位勃艮地公爵面露愉快但怀疑的神色。

"这儿，"另一个朋友对他说，"有一些康乃馨种子。你在睡觉之前把这种在盆中，告诉它们说，在早晨你醒过来时，它们必须完全长好，开满了花。"

这是一个够简单的试验，至少值得一试。这位公爵种了种子，把花盆放在卧室窗旁，一张开眼就可以看到。到了早晨，花盆真的满是盛开的康乃馨，空气中充满它们的香气。

"那么，"公爵很高兴，心中想着，"我是能够支配大自然了！"但为了更加确定，第二天晚上他又做了同样的试验，同样的奇迹又出现了。（由于睡得很熟，花盆被换掉时，他并没有醒过来。）

然而，几天之后他却睡不着。他躺在那儿，辗转反侧，于是决定起床去打猎。

"但此时是午夜！"他的侍从表示反对。

"有什么关系？"公爵高傲地说，"大自然会服从我。我命令它变成白天！"

"康乃馨"的法国名字是Oeillet，意指"小眼睛"。但这个名字最早是针对法国土生土长且确实有一个"小眼睛"的一种植物。

当这种法国的"小眼睛"传到英国时，它的名字发音是"威利"（Willy），对于这么可爱的花而言，这似乎是很荒谬的名字，所以"威利"就变成较有尊严的"威廉"（William），而由于这种花很香，便在前面加了一个香（sweet）字。所以"香威廉"完全不是指一个令人愉快的年轻人，而是指"香香的小眼睛"——这对于这样美的花而言倒是一个相当适当的名字。当法国人开始把康乃馨称呼为"小眼睛"时，"香威廉"就变成oeillet barbu——"长胡子的小眼睛"。

把中国石竹介绍到西方世界的人，是一个法国传教士亚贝·比尼昂（Abbè Bignon）。他于一七〇五年从中国回国时，把长在中国传教团花园中的这种植物种子带回去。巴黎人立刻喜欢上这种花，因为它很美，又有多种颜色。

但比起康乃馨或老式丁香石竹，中国石竹的香气却很微弱，这也是英国人迟迟不接受这花的原因。在某个人终于把这种花的种子带到英国之前，有好几年的时间，它都一直在为法国花园增添欢乐的气息。但之后，中国石竹很快就出现在英国每个小屋花园了。

根据古代传说，石竹被认为对天帝朱庇特而言特别神圣。据说这是为什么它名叫"神之香花"——"宙斯之花"——的原因。但"神之香花"（Dianthus）也意指"双花"，指"重瓣康乃馨"。

十六世纪一个法国诗人喜爱自己的石竹花园，很愉快地写及所有的花，赋予康乃馨很高的地位：

"到目前为止花朵总是争奇斗艳

在它们的王国中优势俱现；

战斗已成定局；康乃馨胜之无愧；

而这小小叛徒只跟您交谈。"

樱草（Primrose）

乔叟（Chaucer）时代的英国①，樱草花指的其实是雏菊，原文名字primerole是借自法文的primeverole，意即"春天第一花"，再从primeroles转变为primrose，即法文的延命菊。现在我们熟知的这种樱草花在当时是叫作"熊耳"。

在十六世纪，"樱草花"这个名字逐渐从"延命菊"转变为"熊耳"。十七世纪末，玛尔匹希（Malpighi）取了"报春花"这个类名，是基于它很早就开花。在很多品种的樱草花之中，最常见的三种是英国樱草花、野樱草和高报春。

"英国"樱草花不是完全只生长在英国，而是广泛分布在大部分的欧洲各地。它身为农人所喜爱的一种花，在很多国度都有其传说。在巴伐利亚，人们认为它是由魔鬼所创造，好几世纪以来都被认为是抗拒魔鬼最有利的符咒。

有一个农人急需用钱。他的妻子和五个孩子病倒了，没

_____

① 指14世纪时。

有药可吃，甚至几乎没有任何食物。他长途跋涉到城市，很可怜地希望能找到工作，此时魔鬼突然从树丛中出现。

"我借你一千银币，"他说，"但你必须在一年内还钱，否则必须把你的灵魂给我。"

一年是很长的时间，一千银币对于一个农人而言则是一笔很庞大的财富。这个农人欣然同意。于是他的口袋鼓鼓的，赶忙前往城市买食物和药。

他很快乐地过了几个月。钱很快变少，但这个农人没有想到魔鬼。有一天，他在花园工作时，看到一只兔子一只脚卡在一块很重的石头下面。大部分的农人都会把它抓来下锅，但这个好心的男人只是解除它的困境，要它赶快离开他的甘蓝田。

"谢谢你，"兔子说，样子像个留着长长白胡子的矮小男人——因为他其实是一个精灵，"你心地善良，可以许一个愿。"

农人很快说："让第一个爬上我的梨树的人待在那儿，直到我要他下来！"

原来，有一个人一直在偷他可口的梨子。

"我答应你的愿望！"精灵说。

另一个星期过去了，一年的期限到了。这个农人完全忘记他对魔鬼的承诺。他又在花园中工作时，魔鬼出现了。

"你能还一千银币吗？"

有一会儿时间这个男人非常惊慌。"不——能。"

"那么你的灵魂就是我的了，"魔鬼高兴地叫出来，"跟我来吧。"

但此时这位农人灵机一动。

"哎呀，我必须信守承诺，"他表示同意，"但是在我跟你去之前，让我再享受一次人间的快乐。让我吃一颗我自己树上的梨子。"

这似乎是非常简单的要求。魔鬼对自己的成功感到很高兴，就欣然答应。

"谢谢你，"农人很谦卑地说，"在我把这些马铃薯拿到门口铺石上给我的妻子时，请你爬上去帮我摘下那颗黄色的大梨子好吗？"

魔鬼很敏捷地爬上树，摘了那颗黄色梨子。但无论他多么努力尝试，就是爬不下来。他扭动、转动着身体，他前后摆动身体、拉扯着、蠕动着，但那个精灵的魔法比他的魔法更强有力。

"你解除我的承诺，我就让你自由！"农人抬头对在树上的魔鬼说。

魔鬼只是更用力挣扎，但最后他仍屈服了。

"你让我自由，我就把你的灵魂还你！"他答应。

"我可以保有钱吗？"

"可以，可以，只要你让我自由！"

"首先给我一件信物，保证你永远不会再来烦扰我。"农人坚持着。

魔鬼摘下几片叶子，在上面吹着气——他那含有硫黄成分的呼吸把很多叶子变成了黄色——然后把它们丢在地上。农夫就在树下看到了世界上第一朵樱草花，簇簇黄花展露在绿色叶子上方。

"爬下来吧！"他叫道。精灵的魔咒解除了。

魔鬼消失不见。巴伐利亚人强烈相信，那朵黄色樱草花是魔鬼的信物；他永远不会去骚扰在花园中种植这种植物的家庭。

很久以前，在康瓦尔的多岩石海岸上管立着一座城堡，最高的塔就位于海的边缘。一位魔法师拥有这座城堡，跟他可爱的年轻新娘住在那儿。

他之所以跟这位新娘结婚，只是为了在她身上施展他的魔法。但就在他把她带到城堡的那天早晨，她走在花园中，发现一位仙女睡在树篱中。她用一朵盛开的玫瑰盖在仙女身上，把她遮蔽好，不让不友善的人看到，所以感恩的仙女们就在这位新娘身上施加魔法，让她不会受到法术的影响。

这位魔法师知道后很生气。他把新娘困在高塔中，转而找女仆们作为施法的对象，随意把她们全都变成猫、鸟或兔子。

这位孤独的年轻妻子穿着如正午阳光色泽的衣服，每天早晨当太阳慢慢从海上升起时，就坐在窗旁弹着竖琴、唱着歌。她的声音很美，音乐很动听，海中的鱼都抬起头来倾听，美人鱼则着迷地聚集在四周。月亮升起时，她又唱歌，水精灵从深处出来，在有月光反射的水面上来回舞动。

但是，每一天音乐都变得更悲伤，因为她是唱出心中的痛苦。她在歌中叙述自己很孤独，受到了囚禁，唱到严苛的命运使她陷入这种残酷的婚姻中。竖琴的音符啜泣着，她的声音很悲伤，所以鱼儿、美人鱼和水精灵们一起去找"海王"，请求他救她。

高高的海浪涌进来，拍击着城堡的墙。但墙很坚固，海浪只是变成水沫，被推回去，被击败后退却。然后"海王"从王宫走上来，大步走进一处小海滩，对"山王"喊叫着，要他发挥自己的力量。

地上晃动着，打开了一个洞。城堡粉碎，掉入洞里，被吞没于海中。魔法师本人变成一只大山鸟飞走，同时"海王"抓起失去意识的女人，把她带到岸上。

仙女们发现她躺在那儿，就把她带到最靠近的渔夫小屋。但当她们到达花园，把她轻轻放下来时，穿着黄衣的女人却不见了，而在荷兰芹中有一朵黄色的樱草花正盛开着。

所以，樱草花——或野樱草，或高报春——对渔人而言是很幸运的植物，他们在船中经常放着这种植物，因为樱草花是仙女赐给渔人的。

但圣彼德是渔人的守护圣者，这种花，尤其是野樱草及"一串钥匙"似的荚果是献给圣彼德的。所以不再相信侏儒的渔夫会带着一朵野樱花、高报春或樱草花，以确保他们的守护圣者可以保护他们。

在德国，野樱草叫"钥匙花"，因为它有那"一串钥匙"似的荚果。根据传说，它是一支魔钥，可以打开藏有宝物的门。

德国的女人晚上安顿小孩子睡觉时会告诉他们说，如果他们很乖、很乖，则女神贝莎会很满意他们，领着他们到她的山下城堡。当这位女神特别喜欢一个孩子时，她会为他指点一条铺满樱草花的小径。

这一个孩子必须跟着这些美丽的樱草花走，直到来到一个洞穴，洞口有一个长满常春藤的巨门。然后他会看到一朵野樱草长在门口铺石旁。当他采撷这朵花，用它来触碰门，门就会立刻打开。他会在洞穴里面发现很多很深的缸，里面装满金子和宝石，每个缸的顶端都盖着一朵樱草花。

他可以取走所能取走的所有金子和宝石。洞穴的门会打开，铺满新鲜樱草花的花径会引导他回家。但他必须很确实地把樱草花放回缸上；如若不然，他余生都会被一只黑狗跟踪着。

如果你要把樱草花、高报春或野樱草带到诺桑伯兰地方的一家农屋，要记得一束花中至少要有十三朵，因为少于十三朵，则养鸡场会受到诅咒，小鸡和小鸭会迅速死亡，并且整年之中，你所带来的每朵樱草花，只够让一个鹅蛋孵出一只小鹅来。

玫瑰花（Rose）

我们都知道每一朵玫瑰都有刺，而这些刺其实源于喜欢报复的丘比特。丘比特飞到一座玫瑰园，停在一朵可爱的玫瑰上吻它。有只蜜蜂正在玫瑰花芯寻觅花蜜，对于丘比特打断它很生气，就叮了这个小神祇的嘴唇。

这种粗鲁的行为激怒了丘比特，于是他飞到他的母亲那儿，要她惩罚那朵他只是想爱抚的花。丘比特的母亲维纳斯给了儿子一袋的箭，在箭头上的是生气的蜜蜂。丘比特很高兴地射出箭。直到今天，箭还是以刺的姿态出现在玫瑰花上。

古代人说，当维纳斯从海的泡沫中出现时，诸神对她的美都感到很高兴，所以就创造出跟她一样可爱的玫瑰花来欢迎她。

另一则神话却不是这样说的。玫瑰是当维纳斯在为被杀害的美少年阿多尼斯哭泣时，从她的眼泪中产生的。当时玫瑰就像维纳斯的眼泪那样呈现珍珠似的白色，但当她转身离开时，脚被一根刺所伤，于是她的血改变了一些玫瑰，变为亮红色。或许还有一种说法？——丘比特在一座白玫瑰花园跳舞时，调皮地把一杯酒浇在白玫瑰上面，所以白玫瑰就沾染成红色了。

玫瑰是一种太受欢迎的花，古代人不会满足于只以一两种神话来说明它的起源。关于玫瑰的神话有非常多。其中一则是说玫瑰和它的刺是太阳神阿波罗创造的。

骄傲的少女罗丹色被三个固执的仰慕者所骚扰。于是她进入月神黛安娜的神殿以躲避他们。但这三个年轻人不死心，他们袭击神殿大门。罗丹色在激动中，眼睛变得明亮，

玫瑰花：别称徘徊花、刺客、穿心玫瑰，玫瑰长久以来就象征着美丽和爱情，但是其最早产地却一直饱受争议。

脸颊泛红，看起来很美，所以她的随从们叫了出来，"她将是我们的女神，她将取代黛安娜！"他们从黛安娜神像的基座把女神神像扯下来，让罗丹色坐在神龛中。

太阳神阿波罗驾驶着太阳战车从高处经过，对于这种侮辱他妹妹黛安娜的情景很生气，所以就把骄傲的罗丹色变成一朵玫瑰，把她的随从们变成永远在她身边的刺。至于那三个年轻人，一个变成虫，一个变成蜜蜂，另一个变成蝴蝶——至今仍在追逐着玫瑰。

酒神巴克斯，在喝酒时笑着宣称是他创造了红玫瑰。他在追求一位年轻的少女。少女的脚步比他快，但一个树篱的刺忽然挡住了她逃开的步伐，他就追上了她。他不喜欢刺，就下令把它们变成玫瑰。

转瞬之间，它们真的变成玫瑰，并从少女泛红的双颊取了颜色，但此时玫瑰不再阻碍她，再一转瞬间，她就逃走了。

"再变成刺吧！"恼怒的巴克斯叫着说。但玫瑰已从少女身上取了某样东西，所以它们无法完全听从巴克斯。部分树篱仍然成为红玫瑰，另一部分则变成花丛中的刺。

在农人之中，玫瑰有很多传说。

在北欧，玫瑰受到矮人和侏儒的特别保护。据说，侏儒国王一度住在一座玫瑰园中，四周围着银树篱，还有四道金门。大家都知道，任何太鲁莽的凡人进入这座花园，都会失去一只手臂或一条腿。但这些玫瑰具有神奇的力量，如果一个人拥有这样一朵玫瑰就能实现三个愿望。

一个月光之夜，侏儒们正在花园正中央国王的王宫中作乐，两个大胆的年轻人决定要溜进去，各摘一朵玫瑰。他们一爬过一道金门，站到玫瑰丛中，其中一人就掉落了一只手臂，另一人则掉落了一条腿。他们在恐惧中冲出去，但少一条腿的那人在后面跛着脚前进，设法摘了一朵玫瑰。一越过大门，他就许愿希望把腿长回来，也为他的朋友许下把手臂长回来的愿望。接着，他许愿两人都能变得富有。

愿望全部实现。侏儒国王很生气，因为他没有想到这一点，也没有规定更严厉的惩罚，所以他就毁了自己的王宫和神奇的花园，以及银树篱和金门，气冲冲跑去住在山脚下。但侏儒们仍然四处游荡，热心地监视着所有的玫瑰树丛。

很久以前，一位王子在法国南部的森林打猎，看到一丛只长着一朵白玫瑰的细长玫瑰树丛。原来它本来是一位公主，被一位侏儒施以魔法，而这位侏儒或他丑陋的弟弟，每天中午都会来树丛四周愉快地跳舞。

这位年轻的王子看到这朵玫瑰孤零零出现在森林中，就从马上跳下来，跑去景仰这朵玫瑰。它的香气很浓郁，使他陶醉。他昏迷过去，倒在地上不省人事。怀有恶意的侏儒发现他，把他变成一只雄鹿。当他恢复意识时，他的马正在跟他讲话。

"既然你是动物了，你就能了解我的语言。你必须成为雄鹿一年零一天。但我会跟着你。在时间到的时候，你若吃一朵隐藏在侏儒洞穴中的紫玫瑰，就会破除魔咒，否则你将永远是一只雄鹿。"

这只鹿和这匹马整年徘徊在森林里，或在孤独的白玫瑰旁休憩，计划着如何获得那朵紫色的花。总是会有一位侏儒待在洞穴看守那朵玫瑰。

在关键的那一天中午，那位年纪较大的侏儒来到玫瑰四周跳舞。在洞穴处，雄鹿把风，让马前进到洞穴口的顶端，踢下一块石头。侏儒弟弟冲出来检视，马儿就扑向他，践踏着他，把他伤得很重，使他几乎无法爬动。

鹿迅速进入洞穴，找到紫玫瑰，很快地吃下去。他这么做的时候，三件事同时发生。两位侏儒神奇地消失，雄鹿变回王子，而白玫瑰对他们叫着："把我从地上拉出来。"

王子跑到玫瑰丛，把玫瑰拉起来，结果出现在他怀中的并不是玫瑰，而是一位可爱的公主。

那匹马无法跟人类讲话，但它在跟他们一起奔驰穿过森林时嘶叫着，表示很满意。

自古以来，诗人就经常吟咏夜莺与玫瑰之间的亲密关系，有一则法国传记说，这是因为玫瑰是夜莺的血所产生的。

夜莺的歌声甜美，田野中所有的花都爱上它。这些花披戴上最华美的色彩，吐出最芬芳的香气来吸引它。但高傲的夜莺却每一种花都不喜欢；它甚至认为，自己的歌唱给田野中这些寻常对象听是浪费了。配听它美丽歌声的花必须拥有一些它自己的血。所以它就用喙刺戳自己的胸房，接着一滴血落在地上，从其中长出一丛开满红玫瑰的树丛。

但也有另一种说法，认为玫瑰本来是白色的。在乍听夜莺歌声时，玫瑰花蕾绽放开来，要接受夜莺的吻。但它太热情地往下飞，被玫瑰的一个刺刺穿胸部。它的血溅在白色花瓣上，把它们染成红色。夜莺总是对着红玫瑰歌唱。

根据一则罗马尼亚的民间传说，白色、粉红色和红色的玫瑰全都是同时出现的。

有一位公主到花园中的一个池子沐浴。她是那么可爱，太阳于是就动也不动地站在天堂仰慕她。她在池中戏水，或坐在多草的池岸上，几个小时过去，当夜晚来临时，太阳仍然伫留于天空中。月亮对掌管日与夜的神祇抱怨，她说，她希望自己有跨越天空的机会。

掌管日与夜的神把公主变成一丛玫瑰，很快便把太阳送上床。当太阳在早晨出现时，树丛满布玫瑰花。没有被他爱抚过的部分呈白色，他在早晨过了一半时所吻过的部分成粉红色，而他在中午时热情吻过的部分则因羞赧而呈现深红。

现代的玫瑰花园种植了很多美丽的贵族品种，我们很少看到平民化的小小苔藓玫瑰（moss rose）。苔藓玫瑰是一种具浓郁香氛的西洋蔷薇（cabbage-rose），祖母们很珍爱它。有一则美丽传说，可以说明它如何获得那种与其他姐妹蔷薇不同的苔藓特性。

有位男天使每天黄昏时刻，都被派遣下凡，用露水浸洗花蕾。他整夜在月光或星光的照耀下，用所带的那杯永远用不完的露水逐一喷洒每朵花蕾。有一夜，他的工作快要完成时，觉得很累，就躺在一棵橡树下休息。他睡着时，小精灵们就从树根下面溜出来，偷了那杯露水。

这位天使在黎明时醒过来。除了一丛玫瑰花的花蕾外，所有花蕾都清洗过了。但他到处都找不到他的杯子！如果不清洗的话，那些花蕾就会在白日的热气中枯萎。他该怎么办呢？橡树下面的土地是个多苔藓的堤岸。他收集了最凉爽、最绿以及最像蕾丝的苔藓，把它包在每朵娇嫩的花蕾上面，避免它们被阳光照射。从此以后，我们就有了这种苔藓玫瑰。现今是由小精灵用露水来喷洒花儿。

莲花知道此事后，嫉妒得脸都发绿了，所以它的花瓣直到今日都呈现绿色。

凡是有提炼玫瑰油的国度，都宣称是自己发现了这种昂贵的香水。印度有一个关于"美丽的奴儿热罕（吉尔的妻子）"的传说。

奴儿热罕躺在花园中一座玫瑰水池旁，懒散地把一朵玫瑰扯成碎片，把美丽的花瓣丢进池中。太阳的炎热光线照下来，溶出花瓣的香气，一滴滴的油漂浮在水上。奴儿热罕认为不好看，就叫一名女仆来把它除掉。

女仆身上唯一的东西是包在头上的纱巾，她就用纱巾来撇去池中的浮油。当她拿起纱巾要抖掉水时，玫瑰精油的美妙香气就飘到她们两人的鼻中，她们知道那是来自刚才的油滴。

奴儿热罕很高兴，要女仆把剩下的一点点油滴撇进一个水瓶中，在那天晚上献给她的丈夫。丈夫也很高兴，因为他看出其商业价值，立刻要所有的奴隶从事制造玫瑰油的工作。

在古代，玫瑰是"喜悦"的象征，但日后却演变成代表"秘密"和"沉寂"。在举行重要会议时，会把一朵玫瑰挂在桌子上方，提醒谈话不应重复，于是演变出"在玫瑰下面（under the rose）"一词，表示"秘密"。据说，詹姆士二世的拥护者在一七一五年以及一七四五年再次的叛变中，都采用白玫瑰作为他们的标志，因为他们为了帮助两位觊觎王位者所做的多次努力，都必须"在玫瑰下面"进行。

但玫瑰之所以在英国拥有不朽地位，是因为"约克"和"兰卡斯特"两个家族之间的长期斗争——以"玫瑰战争"为人所知，始于一四五五年，持续了三十年之久。约克家族采用白玫瑰作为标志，而兰卡斯特家族则佩戴红玫瑰。

最后，他们厌倦了战争，双方妥协。约克家族的伊丽莎白嫁给了亨利七世，两个家族结为亲家。有个故事说，在这个喜庆的日子，一朵白玫瑰种植在王宫入口的一边，另一边则是一朵红玫瑰。第二天早晨，一个新玫瑰树丛出现，所开的玫瑰结合两种颜色，花瓣是白色和红色条纹。这就是"约克—兰卡斯特玫瑰"。

盛开的血红玫瑰是一种华美又可爱的花，但在欧洲的每个国家，它却被迷信的人认为是极不祥的恶兆。如果你看到它的花瓣掉落，那就是一种明确的死亡警讯。

有一位强壮的爱尔兰少年看到一朵红玫瑰掠过他的窗口，穿越窗户时花瓣掉落。他知道末日已到，就飞速跑到村庄去找神父，结果在还没到达之前就被一匹逃走的马撞死。那不勒斯有个小孩，把一朵红玫瑰扯成一片片，很快乐地注视着花瓣一片片掉落。结果那天下午就溺水而死。

每个国家都有自身的故事，来证明红玫瑰的邪恶影响力。但在德国，农人们却学会逃避这种影响力。他们收集一些掉落的花瓣，加以烧毁，借此驱魔、破解魔咒。

　　法国人并不完全排斥这种有恶兆的红玫瑰。如果一位少女想拥有玫瑰般的脸颊，她只需要用一根红玫瑰的刺扎自己的手指，把一滴血埋在一丛红玫瑰下面。

金鱼草（Snapdragon）

希腊人通常以字面意义为花卉命名。他们在看着金鱼草时，也许就彼此说道："它的花冠形状像动物的口鼻部。"然后当场就称呼它为"口鼻状花"，即Antirrhinum——字面上的意义是"像鼻子"。

由于Antirrhinum是这种花的古代描述性希腊字，所以这个字就被当作"金鱼草"的类别名。但一位在一个多世纪前从事写作的杰出植物学家却宣称，情况并非如此。他说，在提供这个名字时，知识渊博的人知道有臭味物种的存在。他们看出，这种花的花冠跟他们在闻到臭味物种的气味时，皱起的鼻子很像！

金鱼草的花形状很奇异，所以它有很多奇怪的名字。第一世纪一位罗马作家柯伦米拉（Columella）说，它像"严肃、生气的狮子张开嘴"，于是有很长的时间，金鱼草的名字是"狮子的突咬"。然后有一段时间，它名叫"兔子的嘴"。其他人称它为"狗的嘴""蟾蜍的嘴""小牛的口鼻"。最后，它持续最长时间的早期名字"龙的突咬"（dragon's-snap）就变成发音较和谐的"金鱼草"（Snapdragon）[①]。

流行很久的"花语"是用"金鱼草"来象征"冒昧"，人们解释是因为这种花形状像鼻子和嘴，被认为是在冒昧地模仿一种动物。

很多世纪后，人们都把金鱼草当作花园植物来栽种，它们被广泛培植以作为插花之用。但俄国人则是基于很不同的理由而栽种它。整个田野满布着金鱼草，是为了它们的种子。俄国人从种子中榨出具有高度营养的油，用在烹调上，或作为奶油。

这种纯良的油是如何被发现的呢？农人们会把他们从父亲和祖父那儿听到的故事告诉你。

从前有位很穷的伐木工人，他只有一种财富，就是长在他孤单小屋四

金鱼草： 别称龙头花、狮子花、龙口花、洋彩雀，不同颜色的金鱼草，也有着不同的美好寓意。

[①] 只是把两个词的位置交换。

周的很多金鱼草。他喜爱这些五颜六色的花，时常从森林中匆匆赶回家，趁夜幕还没有低垂时欣赏这些花。

有天，当开花的季节几乎过了，而很多金鱼草上的种子都成熟时，他就回家吃中饭，以便可以看到在中午的阳光下发亮的最后一些花。当他站在它们之间时，忽然一个小矮人出现了。

"你能给我一点东西吃吗？"他问，"我走了很长的路。"好心的伐木工人把他引进小屋，在他面前放了一块黑面包——伐木工人仅有的食物。

"啊呀，"他很遗憾地说，"我甚至没有一点奶油给你涂在面包上。"

这个陌生小矮人不说一句话，跑进花园中，收集了一把金鱼草种子，拿进小屋中。他用强有力的指头压着种子，油就渗进面包之中。

他们共享这一餐，然后小矮人又上路了。但这个伐木工人的小屋四周有这么多金鱼草，于是他用金鱼草的种子榨油，拿到城里去卖，余生都过着很不错的生活。

农夫们补充说，就这样，所有俄国人都知道金鱼草油的价值了。事实上，现今很多吃得起奶油的人，都喜欢用这种有益健康的油来涂在面包上。

在那些邻近英格兰和苏格兰的国家之中，女巫和仙女仍有其立足之点，人民迷信程度很高，金鱼草被认为具有超自然的力量。如果有敌人去接触魔鬼或女巫，在你身上施加魔咒，那你只要在金鱼草花盛开时绕着它走三次，魔咒就可以破解。更好的方法是，在亚麻布的袋子——必须是亚麻布——之中放置一些金鱼草种子，用一条亚麻布绳子绕颈三圈后挂在脖子上，这样就会阻止任何邪恶的魔咒伤害到你。

这种坚持使用亚麻布——用亚麻纤维做成——的习俗，也许是源于金鱼草花的外表很像一种属于亚麻类的植物——"云兰"——的花。

雪花莲（Snowdrop）

根据很久以前的一则传说，小小的雪花莲是从一滴雪——一片雪花——之中创造出来的。

夏娃犯罪，被赶出伊甸园。她所在处四周都没有花朵生长，只有一大片荒芜的平原往每个方向伸延，且覆盖着雪。雪还在下着，夏娃在孤独和痛苦中开始哭泣。天使为她感到难过，最后其中一名男天使下到尘世去安慰她。

"振作起来，"天使说，"雪落下，冬天很凄清，但我将给你一件纪念品，每次看到它，就要知道春天不久就会来临，再为大地披上美丽的衣裳。"

他在这样说时，就抓住一片落雪，握了一会，丢到地上。它立刻变成一朵纯洁的白花，点缀着一点点绿色，象征一种承诺。那是一朵雪花莲，在夏娃的脚旁谦卑地低着头。当天使消失时，夏娃在天使的足迹中发现一片雪花莲，可爱的花和纤细的绿叶高高长在被踏过的雪上方。

根据传说，这就是为何这种花名叫雪花莲的原因。但这个美丽的名字也许源于十六世纪。当时，时髦的女人喜欢戴晃动的白色长耳坠，名叫"滴子"（drop）。她们也会在胸针上加上类似的晃动垂饰。这些白色的"滴子"很是显眼，所以这个字眼很容易就跟高高长在雪上方的垂立小白花联想在一起。于是它以前的名字"雪铃"就逐渐为"雪滴"（Snowdrop）所取代。

Galanthus是雪花莲的类名，意思是"牛奶花"。它的种名novalis则与最初雪花莲出现时，常遮蔽地上的一片白色有关。

在英国的边界乡村中，开花季所出现的第一朵雪花莲都被认为非常不吉祥。他们说，它很像寿衣中的尸体，如果把它带进家中，会迅速引起家中某人的死亡。

有个故事说，有位卑鄙的人憎恶自己的邻居柯瑞，就以这种方法除掉他。他细心注意最先长出来的第一朵雪花莲，采集它，叫来一位不知其可怕作用的小男孩，要他把它拿到邻居柯瑞那儿。

小男孩跑上巷子，一只肥短的手抓着花。但他刚好发现柯瑞站在大门口，就当场将雪花莲拿给他。

"这是最先开放的第一朵花，"他骄傲地说。然后，等他记起来时已经太迟了。"但他要我在进入房子后才给你！"

柯瑞听了非常了解。

"孩子，在这儿等着。我有一个礼物给你。"

他小心地把雪花莲留在外面，快速走进厨房，折下一朵天竺葵花。回到花园时，他正在把什么东西包进纸中。

"把这朵天竺葵花带给我的好邻居，"他对男孩说，"你的礼物就在这张纸里面，但不能在户外打开。把它放在你的口袋，跑进他的房子后再打开。"

这个年轻人很高兴，跑回那个卑鄙之人的房子，冲进厨房中，把天竺葵花拿给他，并打开自己的礼物。礼物是一个柳树条哨子，很新、很漂亮，而那朵致命的第一朵雪花莲包在同样的纸中。它已被带进房子了。

一星期之后，这个卑鄙的人在补屋顶的漏洞时摔下来，断了颈子。

香豌豆（Sweet pea）

Pisum是某种未被确认的豆类的古典拉丁名字。在中世纪的英文中，这个字变成了pyse，适用于花园豌豆，然后pyse因含糊发音变成了pese，最后变成peas（豌豆）。就植物学而言，这种植物仍然是Pisum，但芬芳的香豌豆花则是Lathyrus，是某种豆类的希腊名。

香豌豆花蔓生在西西里地区的树篱上方已有多久时间呢？谁率先赞赏它、收集其种子，栽种于花园中呢？这些问题永远不会有人知道。一个名叫佛兰西斯·库巴尼（Franciscus Cupani）的意大利修道士，在一六九五年所出版的一本小书中描述了这种花，说它很吸引人，因此整个欧洲的植物学家都向他要种子。这位修道士很慷慨地送给了他们。

他花园中的种子于一六九九年传到英国，而一七〇〇年，香豌豆花第一次在大不列颠开放。植物学家们表现得很热心，但园丁们对这种可爱的新种攀缘植物却表现出奇异的冷漠心态。过了一百七十五年之后，他们才开始真心感兴趣。当时希洛普郡的亨利·艾克佛（Henry Eckford）开始研究香豌豆花，在日后的很多年中似乎创造出奇迹，每季都有美丽的新品种在市场销售。

然后在一九〇四年，一个名叫希拉斯·柯尔（Silas Cole）的园丁第一次培植了花瓣成波浪状的香豌豆花，把它命名为"史宾塞伯爵夫人"，以纪念他雇主的妻子，这种香豌豆花终于完全取代了艾克佛研究多年的那种花瓣呈笔直状的花。

加州人对于香豌豆花很感兴趣。据说，现今供应全世界插花需求的香豌豆花，至少有三分之二是在洛杉矶附近生产的。

西西里和意大利南部的原始野生香豌豆花，有着天蓝色的翼瓣和紫色旗瓣。虽然通常献给圣母的是白花，但根据卡拉布里亚地方的传说，那儿一位年轻女孩无疑认为，上述这种花如果以正确心情奉献给圣母，也是可以被接受的。

这个名叫卡布丽希亚的年轻女孩喜爱香豌豆花胜过她花园中其他的花（在此传说中，香豌豆花已是一种花园植物了）。她每天都会采集它们，织成花环，挂在自己美丽的颈上。有时她会爬上山到一座路边神龛，因为那儿有一座圣母的雕像立在一个角落。她会把一个用香豌豆花织成的花环套在圣母像的优雅石膏颈部。

卡布丽希亚有三个热情的追求者，她无法决定要与哪一位结婚，时而比较喜欢其中一位，时而喜欢另一位，但并不真正很喜欢他们之中任何一位。因为其中一位有斗鸡眼，另一位脸颊有大疤痕，第三位耳朵很大，说话时耳朵会摆动。但她年纪不小了，不久就要十八岁，无论如何她必须在这之中选择一位。

在午夜十二点整，她赤脚倒退着走进花园，手伸到身后，摘了一朵香豌豆花。她一眼也没有看，就把它拿进去，放在枕头下面。神奇的力量发挥作用。她做了一个梦，要她让三位年轻人各为她采撷一束香豌豆花。根据每个人对花的态度，她就能了解他们分别是什么样的人，如此就能做出决定。

到了早晨，她为圣母戴了一个花环，爬上山到那处神龛。中午过后不久，三个年轻人往那个方向走，他们已经一起在一间客栈度过了上午时光。三人习惯性地在神龛前面停下来——但没有一个人说出"万福马利亚"。

"看看她，"斗鸡眼的那一位以轻蔑的口气说，"戴着我的卡布丽希亚的花！"他用两臂把雕像从基座上扯下来。

脸颊上有疤痕的那一位从前者手中把雕像抢走，丢在路上，踢着它。"竟敢戴我的卡布丽希亚的花！"他说。

"你是指我的卡布丽希亚吧。"耳朵会摆动的那一位说，跳上圣母雕像，把它压成碎片。

他们手臂牵着手臂，唱着歌走在路上，来到卡布丽希亚所住的小屋。

"亲爱的，"她亲切地对着斗鸡眼的那一位说，她记得自己所做的梦，"你去为我采一些香豌豆花好吗？马厩后面那些是最大朵的。"

斗鸡眼的那一位认为自己是三人之中最受卡布丽希亚喜欢的一位，就很高兴地跑到马厩那儿，消失了踪迹。

"亲爱的，"这位羞怯的少女对脸颊有疤痕的那位说，"你到路上我叔叔的花园为我摘一些香豌豆花好吗？"

脸颊上有疤痕的这一位很机敏地出发了。

"亲爱的，"卡布丽希亚对耳朵会摆动的那一位微笑着说，"最棒的香豌豆花长在那座古塔附近。你为我去采一些好吗？"

一件奇异的事发生了。斗鸡眼的那位跑到马厩后面，伸手要摘顶端的一束花，结果却扯断了两只手臂——就是他用来扯下圣母雕像的两只手臂。村庄的医生截去他的手臂时，他死于血中毒。

脸颊有疤痕的那位一离开卡布丽希亚的视线，一匹逃走的马就在路上把他撞倒——就像他丢下雕像并踢它一样——他立刻丧命了。至于耳朵会摆动的那位，他一站到破塔下面，一块大石头就从顶端滚落，压碎他的头骨——就像他压碎圣母雕像一样。

　　卡布丽希亚此时年纪大了，故事也就结束了，因为她上个生日是二十二岁了，不曾再有一个人向她求婚。但她仍喜爱她的香豌豆花，仍带着这种花去装饰立在山边角落的新圣母雕像。

郁金香（Tulip）

人们对于"炫耀着的郁金香"相关传说所感到的兴趣，比起它本身的真实故事逊色多了。它的真实故事得回溯到对事情感到冷漠的波斯帝国时期。

在波斯这个国度中开着很多五颜六色的野花，所以波斯人几乎不去注意这种"拉尔"（Lale）①——波斯人对这种华丽花朵的称呼。不过有人确实注意到它长得像一顶倒着拿的颜色明亮的头巾——波斯语是dulband。

在那些日子里，君士坦丁堡是一个富有的城市，拥有最好的土地。土耳其商人习惯旅行到波斯去选取最精美的香水、最高贵的地毯，以及最精心制作的铜制装饰品。

有位商人带着载满货物的骆驼前往波斯海岸，在回程中经过一座郁金香盛开的山谷。他不曾看过如此壮观的情景。成群的郁金香随风飘动，洒着阳光，炽燃着色彩，形成远比

———————

① 即郁金香。

192

他旅行商队中最精选的地毯更加华美的一片地毯。他让骆驼商队停下，和赶骆驼的男孩去挖掘许多郁金香球根，带回君士坦丁堡，种植在自己的花园中。

郁金香绽开的季节来临时，他得到了相当丰富的回报；他的花园成为整个君士坦丁堡谈论和艳羡的对象。这是郁金香球根交易活络的开始，因为之后旅行到波斯的商人都会带回这种球茎去销售。

土耳其人使用波斯名字"拉尔"来称呼郁金香，但当他们对外国人指出它外形像一顶头巾——在土耳其语中是

郁金香：别称洋荷花、草麝香，全世界已有郁金香八千多个品种，在荷兰也被当作国花。

tulband——外国人会误以为这就是花的名字，于是他们就认为这种花叫tulian，很久以后又简化为tulip（现今郁金香名）。

土耳其人变得很喜欢被波斯人忽视许多世纪的郁金香，所以皇帝就宣布它为土耳其的国花，每年都会举行欢乐的"郁金香祝典"。

一五五四年，布斯贝奎斯（Busbequius）以费迪南一世的土耳其皇帝大使身份，从维也纳旅行到君士坦丁堡。他在抵达首都前写了一封信，评论tulipa（郁金香）的惊人之美和色彩的多样性。"土耳其人，"他写道，"极为热心地培植这种花，虽然他们是很谨慎的人，却不吝于为一种非凡的花花费可观的金钱。"

布斯贝奎斯一在大使馆安顿下来，就把这种很受欢迎的花的种子和球茎送到维也纳。前往君士坦丁堡的那些来自很多国度的水手，都带着球茎回国赠予母亲和情人。旅客把一些球茎藏在行李中。于是郁金香遍布整个欧洲。大约一五七八年时，"称为tulipae（郁金香）的各个花种从奥地利的维也纳"传到英国。

郁金香第一次在西欧绽放，并为人接受的日期是一五五九年，当时德国植物学家杰士尼（gassner）在军机大臣的花园中看到它，"从来自君士坦丁堡——有人说是来自卡帕多希亚——的一颗种子中长出来，是单一朵红得很美又很大的花，像一朵红百合。"但可能的情况是，早在这之前的三四年，郁金香就在维也纳绽放，因为布斯贝奎斯想必会为了皇帝的花园而尽快送去这种壮观的新花球茎。

柯鲁修斯（clusis）曾在一五七六年的文章中谈到一位安特卫普地方的商人。他向君士坦丁堡的土耳其布商订了某种布匹，而这位土耳其布商想要取悦他的远方顾客，就在包裹中包进了几个精选的郁金香球茎。

这个商人收到他认为是洋葱的礼物，感到相当惊奇。他煮了其中几个后开始试吃，味道平淡，所以他用油和醋浸泡过后，再吃一些，但仍然不喜欢。他心想，土耳其的土壤想必很贫瘠，所以他就把剩下的球茎种在他的菜园之间，希望良好的荷兰土壤会让这种新作物变得好吃一点。

他发现"洋葱"变成了壮观的花朵，多么惊奇啊！大部分的球茎确实是枯萎了——因为他疏于照顾，但有一些存活下来。一位被柯鲁修斯形容为"热心于园艺"的同行商人小心地照顾它们。

几年之后，当安特卫普地方的人较熟悉郁金香时，另一位商人收到海外的一包货物。由于送货的水手是在大约中午时到达，这位商人认为必须请他吃饭。他请对方吃了一只鲱鱼，这是他手中所拥有最便宜的食物。

柜台上有十个精选又昂贵的郁金香球茎，是商人刚从土耳其收到的。这个商人正在忙着打开水手送来的包裹，检视里面的新玩意，此时水手看到球茎，认为它们是采自花园的洋葱，就配着鲱鱼吃了一个。由于水手长期过着海上生活，所以感觉味道很新鲜，于是他又吃一个，再吃一个。

他正要吃第七个并伸手拿第八个时，商人发现了。接着发生了什么事呢？我们只能用想象，因为叙述此一故事的早期作家疏忽了，他并没有为故事提供生动的结尾。

柯鲁修斯很自傲地拥有一花园的郁金香，且是很上等的郁金香。他于一五九三年被指定为莱登大学的植物学教授时，随身带着自己的每一个球茎。由于很缺钱，他表示要出售其中几个球茎，但要价很高，所以没有买主。第二个夜晚，所有球茎竟都遭窃！它们被卖到整个荷兰，成为很多荷兰著名郁金香的源头。

从一六二四牛到一六三七年，历史上人们熟知的郁金香狂热大肆流行。郁金香狂热始于法国，贵族们开始提出最荒谬的价格要购买不寻常的品种。这种狂热在法国相对温和，然而当它蔓延到荷兰时，却达到狂野又夸张的高潮。球茎以惊人的价格售出，买球茎只是为了再转卖，以获得难以置信的利润。有人发大财，却又在疯狂的赌注中把钱财化为乌有。

还在土中的球茎被人一而再、再而三地买了又卖、买了又卖。甚至不存在的球茎也卖给了渴求的买者，这位买者再转卖给更渴求的买者。没有现钱的人提供土地、房子、衣服，为的是一个看不见的球茎，希望能立刻再卖出去。

有一个以"总督"为人所知的上等球茎是以以下代价被买得："八千磅的小麦、一千六百磅的黑麦、四只肥公牛、三只肥猪、十二只肥羊、三大桶酒、四大桶啤酒、两大桶牛油、一千磅奶酪、一整张床、一套衣服、一个银制大杯。"

最珍贵的品种是"永远的奥古斯都"，因为据说这种品种仅有两个球茎存在。

这两个球茎的故事纯粹是虚构的，内容如下。其中一个球茎由哈雷姆地方的一个人拥有，另一个由阿姆斯特丹的另一人拥有。后者拒绝几乎五千金币的出价。那位很渴望买到的人再加码，加上他那辆上等的马车、两匹白马及其所有配件，但拥有者仍然拒绝。

接着，这位阿姆斯特丹的拥有者跳上自己的马车，开了很长的路到哈雷姆，经过多次讨价还价之后，以没有透露的天价买下另一个球茎，并立刻用脚跟把它踩成糊状，所以"永远的奥古斯都"就变得更加珍贵，而他拥有世界上唯一的一个。

事实上，这两个球茎也许确实是唯二存在的球茎。远在一六二三年，"永远的奥古斯都"由于少见又确实美丽，所以广受欢迎。一六二四年一位作家指出，当时只有十二个球茎存在。到了第二年，拥有这两个球茎的人宣称，所有其他球茎已枯萎，只有他拥有这种上等品种。有人出价三千金币要买他的两个球茎，但他拒绝了。

所以，在荷兰的郁金香狂热时期，非常可能只有两个"永远的奥古斯都"。根据记录，其中一个在郁金香狂热的高潮中以五千五百金币——大约两千五百美元——的代价卖出，另一个则以四千六百金币外加一辆新马车和两匹良马的代价卖出。

这种奇异的郁金香狂热在持续的期间，人们处于疯狂的兴奋状态中，但终究免不了遽然崩解。这种狂热戛然而止，但其后却有好结果出现，因为此时荷兰人看出大规模培植郁金香有其商业价值。今日，整个世界都从荷兰广阔和多彩的田野进口球茎。

在荷兰的郁金香狂热后的两个世纪，英国出现了一次较温和的郁金香狂热。一位大卫先生研发了一个品种，取了一个诗情画意的名字——"大卫的欢乐"，一个球茎就算以几乎一千元的代价他也拒绝出售，很多其他品种的球茎每个售价相当于五百元。

就历史而言很有趣的这种花，想必远在一六四〇年时，就在英国的花园中为人所喜爱，因为汤玛斯·福勒（Thomas Fuller）在他那篇离奇有趣的《花的语言》（*Speech of Flowers*）

中描述玫瑰非常嫉妒郁金香，以尖酸的话语这样抱怨道：

> "最近有一种花——我该称它为花吗？——礼
> 貌上我要这样称呼，只不过它不配这个称号，那就
> 是郁金香。它获得大部分人的爱与深情。这种郁金
> 香是什么呢？是一种不好的小礼物包装在令人愉快
> 的色彩中！"

耶稣会诗人雷平（Rapin）写出一种令人愉快的幻想：所有的花都是由诸神所转化的仙女。他想象郁金香是一位非常喜爱色彩的达尔马提仙女。当她逃避维尔图努斯的追求时，诸神将她变成这种花：

> "六片俗丽的树叶构成彩色杯一个，
> 仁慈的大自然在上面染上每种颜色；
> 虽然仙女已转化，但她仍然跟以前一样
> 对色彩的喜爱没有改变。"

艾克色特郡早期的一位主教，在他的十七世纪花园中观察到郁金香的习性，也把它们幻想成很多崇拜太阳的小矮人。"晚上时它们闭合起来，"他写道，"像是在为太阳的

离开哀悼，因为没有了太阳，它们不能也不愿在早晨盛开。它们以欢乐的开放心情欢迎太阳升起，在中午时光绽放开来，直爽地感谢太阳的慷慨。"

在德文郡地区，老年人都说，仙女会保护任何种植郁金香的人，因为仙女们使用郁金香作为小仙女的提篮。当小仙女被安置在花中，风儿轻轻摇晃她们入睡，仙女们就可以整夜跳舞，毫无顾虑。

以前有个穷女人，她的花园中只有一朵郁金香。某个夜晚，她在月光中望着窗外，欣赏着郁金香，很高兴看到一位仙女把小仙女放进花中。第二天，她准备了一锅奶酪，匆匆拿着它赶到村庄中一个富人那儿，要交换他的一朵郁金香。富人刚好喜欢奶酪，所以他接受这交易。如果她连续二十天为他带来奶酪，她就可以获得二十朵郁金香。她就在那一天把它们种在花园中。在花儿持续绽放的期间，仙女们都来花中跳舞。第二个春天，以及往后每个春天，她的花园在白天时因为郁金香而难得一片华美，夜晚时因为仙女而显得迷人。

这个女人去世后，她的地方被卖给一个不喜欢花也不相信仙女的男人。他挖起郁金香，把它们丢到树篱外，改种甘蓝菜。但是那个夜晚小矮人来了，在花园施加魔法，所有的甘蓝都枯萎了。他们采集郁金香球茎，种在这个女人的坟墓上。

德文郡地区的人说，时至今日，这个女人的坟墓都长着随风摇曳的郁金香，非常可爱。如果你在黄昏时心存善意偷偷爬上去，就会看到郁金香花瓣张开，小仙女被放进丝一样光滑的摇篮中。

美女樱（Verbena）

Verbena是欧洲美女樱的早期拉丁名，而欧洲美女樱是古代人可能知道的唯一一种美女樱，因为所有其他美女樱都生长在当时未为人发现的新世界。对罗马人和希腊人而言，美女樱是一种神圣的植物。

美女樱最初是如何成为被崇拜的对象呢？答案只能在遥远的过去那些已遗失的记录中去寻找——除非古代人确实认为它是源自愤怒的天后茱诺的眼泪，因此应该以敬畏的心理去尊敬它。

这位高傲的女神茱诺很少有机会哭泣。但是在卡丽丝托事件中，茱诺咬牙切齿仍不足以发泄那种让她筋疲力尽的怒气，所以她的眼泪就涌出来了。

卡丽丝托是一位美丽的女人，天帝朱比特对她大献殷勤，茱诺醋劲大发，把她变成一只熊。"现在，"她说，"用四只脚跪下来，看看我丈夫会不会注意你！"

可怜的卡丽丝托只能在森林里流浪。虽然她此时也是头野兽，其他野兽也不去注意她，但她还是害怕它们，更加害怕猎人。

有天，当她在吃野莓时，一个年轻的猎人溜到她后面去。当猎人准备射出矛时，她转身，认出这名猎人是她的儿子。于是她努力要让他了解，但他看到的只是一只很棒的熊。矛已经射出去了，但就在此时，朱比特把他们两人抓起来，放到诸星之中，变成"大熊座"和"小熊座"，直到今日。

茱诺获知，她所惩罚的这个女人受到朱庇特的敬重，把她放置在天空的位置，于是更被气到不行。但她能做一件事，她可以找有力的海洋之神欧开诺斯帮助她。

她匆匆前往海洋之神的水中住所，在横越土地时留下愤怒的眼泪。眼泪渗进土地中时盛开成美女樱，后来整个草原都布满了这种新的植物。

"那两只熊现位于天空，但你要让它们远离海，"她粗暴地对海洋之神要求，"让它们永远不知道休憩于水中的乐趣！"

老年的海洋之神对卡丽丝托没有兴趣，这两只熊对他而言也没有什么意义，所以他欣然答应茱诺的要求。从此，"大熊座"和"小熊座"不曾落入海中，就像太阳、月亮和星星，它们只是永远在天空绕过不停。

不论是否因为这则神话，或是古代人另有故事，美女樱好几个世纪以来都被称为"茱诺的眼泪"。

迪奥科里斯（Dioscorides）提到这种植物时，称之为"神圣的草"。它的叶子被用来清理那张为最伟大的神宙斯举行祝典用的桌子，也被当作护身符佩戴。同一个时代的普利尼说，在罗马人的异教仪式中，他们的圣坛都点缀着美女樱。

古代不列颠和高卢的德鲁伊教徒深深崇敬着美女樱，就像他们崇敬神圣的橡树，部分原因是他们看出它的叶子与橡树的叶子相似。他们在采集美女樱之前，会先把蜂蜜和蜂巢酒洒在大地上。由于他们从大地中采撷如此珍贵的草本植物，因此以这种方式提供安抚性的奉献物。

他们把美女樱作为药物来用，也在宗教仪式中使用。但是，在可以看到太阳或月亮的时候，却不能采集，也不能让人类的手触碰到它而亵渎它。在月黑时，他们会把一个圈环丢掷在这种植物上方，用一个铁器挖掘它，借由圈环拉出来，拖到一匹布上，接着由年纪最大的德鲁伊教徒以尊敬的姿态把它包起来，小心不会触碰到它，然后将它带到进行宗教仪式的地方。

随着德鲁伊教的衰落，美女樱的神圣性质和著名的神奇特性也减弱了。但当十字军战士从圣地回来时，它的神圣性质和神奇特性又恢复并被强化，因为十字军战士带来的美妙故事，给国内的人留下了深刻的印象。他们说，这种奇妙植物美女樱最开始生长在髑髅地，当十字架的钉子被钉进救世主的手时，美女樱迅速出现。他们在巴勒斯坦亲眼见到美女樱神奇的治病功能及令人难以置信的驱魔作用。

当时的魔法师一直使用洋蓍草、芸香和其他草本植物成功欺骗轻信他们的人，已达到泛滥的程度。所以此时他们就开始大肆利用美女樱，把它视为全新的东西并不是因为这种植物对英国人而言很新奇，而是由于它与十字架有所关联，因此流传着有关其神奇特性的故事。

当时，只要付费，魔法师就会透露：当一个人用不经稀释的美女樱汁液沐浴，就会获得神奇的力量。此人可以许下任何愿望，愿望立刻会实现；他可以看到未来；他能免于各种疾病和魔咒。

在十字军第一次东征前的两百多年，康瓦尔地方有一位隐居的修道士，以"侏儒圣尼欧特"为人所知。他是一个很矮小的人，史实仅止于此，其余部分皆为传说，据说他只有十五英寸高。

他在康瓦尔的一处荒野建了小屋，清理了一片土地以种植谷物。附近的善心人士给了他一对训练良好的公牛让他耕田。他是一位很神圣的人，所以公牛会自动套入牛轭前去耕田，然后在傍晚时回到畜舍。

有一晚，一个小偷潜入畜舍，偷走了这对奇妙的公牛。

刚好是耕种的时候，这位善良的修道士不知该怎么办。接着，两只公鹿从森林中出现，温顺地站在耕犁旁边。这位修道士为它们套上马具，它们就前往田里，整天工作，黄昏时回来，让修道士为它们卸下马具，然后快步走进森林。

第二天早晨，这两只公鹿又来了，耕作了一整天。那个小偷知道了这个奇迹，感到很羞愧，就归还了公牛，改邪归正，留下来为这位神圣的人耕田，并为他播种麦苗。

此时神奇的事出现了：凡是公牛耕过的地方，谷物就会很快出现，但公鹿犁过的地方，却长出一排又一排的美女樱。这位修道士知道，这种植物是天堂为了某种特别目的而送给他的，于是他开始熬这种植物的叶子，发现它们虽然味道很苦，但让人感到凉爽，适合解热。他把叶子捣碎敷在伤口上，发现它们可以愈合伤口。康瓦尔地方的人说，发现美女樱药效的人不是别人，正是他们的"侏儒圣尼欧特"。

旧世界的这种美女樱生长在欧洲的许多草本花园中，主要绝对是因为它与欧洲有好几世纪的关联，但它在美国花园中并没有地位，因为美国有很多属于自己的可爱美女樱。

长着成簇多彩花朵的普通美女樱是异种，是在过去一百年（或不到一百年）之间研发出来的。其野生的始祖生长在巴西、巴拉圭、乌拉圭甚至是阿根廷的大草原上，也许还混杂一点智利、秘鲁和玻利维亚的情况。

常见的花园美女樱都来自这些遥远的国家，但有很多品种是美国原产的，其中一些已在花园中有其地位。

最华美的紫色美女樱——加拿大美女樱色彩多样，从淡紫色到深玫瑰紫都有。很久以前，林奈为纪念法国植物学家奥布雷（Aublet），把它命名为"奥布雷西亚美女樱"。它被引进欧洲，比起原生地，它在这儿更是一种广为人喜爱的花园花种。

美国的小蓝美女樱为岩石庭园增加了情趣。波尼族称这种分布很广的植物为"令人愉快的梦饮"，也许是因为他们用其叶子所泡的茶有安定神经的作用，但对奥马哈人而言，蓝色的美女樱是治疗胃痛的药。

紫罗兰（Violet）

　　在古希腊，人们若旅行到很远的地方，就可以看到成群的紫罗兰沿路生长，所以希腊人赐给这种花"爱恩（ion）"这个名字，是"前往、旅行"的意思。

　　在那些年代，每种花都须有其故事来说明它如何存在于世界上，并以其美使人感到愉快。有时，植物是与已存在的神话有关联，但花被命名时更常是因其形状或特殊习性，于是有关它的神话就被编织出来。

　　名为"爱恩（ion）"的紫罗兰就是这种情况。人们创造出一位名叫"爱娥（Io）"的仙女来说明它的名字以及如何存在于世的故事。

　　有一天，天帝朱比特从奥林帕斯山往下看，看到爱娥站在一条湍急的河旁。她是一位河神的女儿，朱比特认为她长得太美了，不能让她单独站在那儿。于是他快速穿过诸神的云门，下到尘世来向她求爱。他唯恐一直爱吃醋的天后茱诺也会从奥林帕斯山往下看，所以他就创造出一层浓密的云来

208

遮蔽他和这位美女，不让茱诺看到。茱诺找不到丈夫，因此确实往下看了。

"那些浓密的云是怎么回事？"她心里很纳闷，立刻起疑。"下面想必有什么坏事正在进行，我要去查看！"

她立刻出发前往尘世，但朱比特知道她要来了。当茱诺拨开云罩时，她只看到一头可爱的小母牛在河边吃草，原来朱比特在迅速逃开的同时把爱娥变了形。

茱诺的疑心并没有因此消除，那些浓密的云的确有怪异之处。如果这确实是头小母牛，那就没问题，但她还是要加以确定。于是她让巨人阿古斯日夜监视那头小母牛，阿古斯身上长了一百只永不合上的眼睛。白天，阿古斯让小母牛在一片草原上吃草，这片草原上的草被朱诺变得很苦涩，到了夜晚，他就把它紧紧系在一个又深又黑的洞穴中。

阿古斯如此机警地监视着，朱比特几乎无法对爱娥做任何事。但是，当朱比特注视着她吃那些粗糙的草时，他的自尊心受到了伤害。

"说实在的，"他想，"像朱比特这样伟大的神，他的情人应该吃比那更好的食物！"所以他就让细嫩、芬芳、美丽的紫罗兰在只有苦草的草地上迅速生长，这样爱娥就有可口的花瓣当食物。

这已是个足够美丽的故事，但显然不令人满足，因为希腊人喜欢认为他们的化是人类的变形，或至少是半人仙女，保有往日生活的一些特性。所以，有关朱比特临时起意让紫罗兰迅速生长在地上的故事就被放弃，取而代之的是较有模有样、有关羞怯的小仙女的神话。

黛安娜在森林深处的一个水晶池沐浴。那儿有条河流从一个布满羊齿的洞穴喧嚣地流出来，像瀑布一样落在滚动的岩石上方，流到这片安静的水池时，疯狂的速度就控制住了。

就在那座森林中，年轻的阿克提昂正跟一些朋友一起猎鹿。他离开同伴，自己一个人到处走动，非常偶然地来到黛安娜的隐秘之地。他拨开树丛，看到池中的这位女神，她的仙子们就跳起来围绕在她身边，遮蔽她的身体，不让他这个凡人看到。但其中一位仙子生性庄重又害羞，看到一个陌生男人，就跑进洞穴躲起来。

黛安娜被人看到，非常生气，就把阿克提昂变成一头公鹿，而他的猎狗不认得他，就把他咬成碎片。那位没有助女神一臂之力的羞怯仙子，则被变成一朵紫罗兰，也就是一朵害羞的小花藏在树叶之中，就像仙子躲藏在洞穴之中。

根据古人的说法，这些由朱比特和黛安娜所创造的紫罗兰是纯洁的白色，后来维纳斯才创造出紫色紫罗兰。

有一天，维纳斯在跟儿子丘比特玩耍的时候，看到一群年轻女孩在一处草地上跳舞。她们长得很可爱，她的嫉妒心油然而生。

"她们当然不能像我一样美!"她想着。为了求证,她问丘比特。

丘比特这个调皮的小神祇说,她们比母亲可爱多了。维纳斯在盛怒之下把这些少女痛打一顿,直到她们全身布满紫色和蓝色的瘀伤,接着把她们变成紫罗兰。

但也许创造紫色紫罗兰的根本不是维纳斯,因为还有一个故事。

有位仙子想要摆脱太阳神热烈的追求,为了让自己在他眼中显得讨人厌,她就用逃跑途中抓来的莓果把脸涂成紫色。但太阳神阿波罗很快追上了她,正要拥抱她时,她喊叫身为河神的父亲,于是她立刻变成一朵紫罗兰,脸上仍残留紫色污迹。

派驻法国的早期传教士之一 ——圣费明(St. Firmin)去世并被埋葬后的三四个世纪,据说有一道天堂的亮光暴露了他的埋葬地,他的尸体被人以宗教的名义挖掘,带到阿米恩斯一座较适当的坟墓。

时间是一月中旬,天气酷冷,地上积雪很深,但灵柩车队列一出发,就出现了奇迹。天气变得像夏天那么温暖,沿途积雪都融化了,树上突然长满叶子,成排的芬芳花儿在路的两旁绽放。这种奇迹持续了三个小时,这是从天堂来的信息，告知人们圣费明确实是一位伟大的圣者。

唯恐有人不相信这个奇迹曾发生过，当整个情景又因冬雪而变得凄清时，有一朵花被留下来作为证据，其甜美香气弥漫在空气中。那是一朵紫罗兰，日后被献给圣费明。

好几个世纪以来，紫罗兰与谦虚、天真联系在一起。它是拿破仑最爱的花，因此在历史中有其地位，但这并不是因为它象征谦虚和天真，而是因为它具有迷人的美丽及浓郁的香气。

当拿破仑被放逐到厄尔巴岛时，他的追随者都佩戴紫罗兰表示他们的忠心，相信当紫罗兰再度绽放时，他会再回来。当他从这座孤岛逃离，到达巴黎时，确实是紫罗兰盛开的时节，那是一八一五年三月末。通往杜乐丽宫的路撒满紫罗兰，紫罗兰像紫雨一样落在他的马车上，空气在紫罗兰之美的衬托下显得色彩鲜艳，香气令人精神为之一振。

没有人确切知道，为何古代罗马人把这种花命名为viola（拉丁文的"紫罗兰"）。有人认为，罗马人像希腊人一样，发现紫罗兰生长在他们的很多条道路上，心中就想到via①，这至少是一种巧妙的推测。遥想罗马人穿着宽外袍走过紫罗兰路径的情景，比想到viola是来自vitula（小母牛）后脑中出现的情景，更令人愉快。

————————

① "通过的意思"，viola中的前三个字母vio。

桂竹香（Wallflower）

现在不再有游唱诗人流浪各地，歌咏爱情、星星与玫瑰了。但在过往那些随处可见到他们的浪漫日子中，当他们经过一道颓墙时，会随手摘取一小株桂竹香这种华美的花，别在他们的外套上。

这种花生长在荒地和废墟中，象征逆境中的忠实。游唱诗人知道，这样会让他们的美丽听众对他们的忠实产生赞赏之情，对他们的不幸产生同情之心，因而得到更多的赏钱。

也许是因为桂竹香与游唱诗人及其拨弹的音乐有所关联，所以就产生了一则故事，由苏格兰高地的牧羊人讲述。

一座古老城堡的废墟，现今只剩下几道颓墙，立在一座蔓生杂草和高高石南的孤山上。山脚下，一条小河在长着羊齿的堤岸之间流淌，还有一条很少人走过的小径在小河旁延伸，曲折地通到羊儿吃草的高地。

某个黄昏，一个穿着黄褐色连衣裙的女孩，跟她的情人沿着这条小径走着。她的情人很满意自己天蓝色的苏格兰裙，还很快乐地对着女孩吹风笛。

忽然，她要他注意听，非常悦耳的音乐和笑声传到他们耳际。他们抬起头，看向山上古老城堡的废墟，惊奇地凝视着。杂草丛生的山变成一座很匀称的花园，景色很美。废墟成为一座庄严的城堡，再加上角楼和壁垒，显得很壮丽，亮光像火一般炽燃着。

"这是什么情况呢？"女孩畏惧地低语。

"我们去看看！"男孩说。

他们手牵着手爬上山，沿着碎石路走到吊桥处。

此时要转身回去已经太迟，因为有一种魔咒施加在他们身上。他们走进城堡，加入狂欢的行列之中，好像他们也属于那些正在那儿跳舞的仙女。这个男孩开始吹奏他的风笛，仙女们很喜欢他的音乐，她们同意要是他整夜为她们吹奏，就会在黎明时释放他和他的情人。

但人们再也不曾看到这两人以凡人的姿态出现。

太阳出来时，一个牧羊人走在小河边，要回到羊群那儿。忽然他听到一阵奇异的叮当声从荒废的城堡传来，于是他爬上覆盖着高高石南和蔓生杂草的山，走到几道颓墙所在之处。那儿有一朵芬芳又可爱的新花华丽地开放在古老的石头之中，四片花瓣就是那个年轻女孩衣裳的颜色。旁边的土地上长着另一朵新花，精致的铃状物发出他听到的叮当音乐声。

人们跑来看，惊叹不已，知道那女孩被仙女变成了一朵桂竹香，而男孩则变成美丽的苏格兰蓝铃花。

在英国西部乡下人的花园中，他们最喜欢的桂竹香几乎是血红色的，他们称它为"血腥的战士"。他们说，以前它是亮黄色的，然而在英国很久以前的战争中，一个受伤的士兵从战场痛苦地爬到他情人的农舍，就把它染成这种深色了。他最远只能爬到花园，然后就在一坛黄色桂竹香上断气了。

这种花的名称Wallflower中的wall是"墙"的意思，因为这种花长在古代城堡的古墙、城垛和高塔上，也长在长期荒废的修道院废墟中。

推德河在英苏边界，曲折流经英格兰和苏格兰之间。有关这个地区的一则传说跟废墟并不相关，而是涉及一座城堡，这座城堡对于一对热心的年轻情人来说太过坚固。

其中的男主角虽然年轻，却是一个家族的首领。这个家族当时在跟女主角父亲的家族进行战争，所以这位严厉的父亲当然不想让他们两人见面。为了安全起见，他把女儿关在城堡最高且最坚固的塔中，只有他信赖的女仆可以进出。

年轻人知道此事后，就伪装成年老的吟游诗人，唱着歌走进去。年老的首领看不出什么破绽，就允许这个外表看起来年纪很大的流浪者跟信任的女仆一起爬上高塔的楼梯，因为他那哭泣的女儿确实需要点欢乐的事。

女仆一进入囚室，就被派去做一件差事。在她还没有回来前，这个年轻人拿出一根麻绳，要情人在第二天黎明时把它系在窗子上，然后爬下来，他会跟他的整个军队躲在附近，万一城堡的守卫发现她，就可以前去救援。

第二天黎明时，她穿上适合的绿色衣服，戴上一顶时髦的黄色女帽，用颤抖的手系上绳子，开始往下爬。但她在兴奋中没有把绳子系牢，在她仍高高靠着塔墙时，绳子就松脱了，她掉落下来，一命呜呼。就算等待的年轻首领跳向前去，也来不及救她了。

他走到墙边，绳子在那儿，但他的情人已变成一朵花。她的衣裳成了花的绿叶，时髦的女帽则变为它的黄花，且一直沾染着红色的血。

北部乡村的人说，梦中看见这种花长在荒废的墙上，是一种吉祥的征兆，因为两个星期内，就会有一种十分意外的好运降临身上。但美国人不可能有这么迷人的梦，因为荒废的城堡和好几个世纪的历史修道院并不可见，甚至在花园中，桂竹香在新世界中并不如在旧世界那样受欢迎。

睡莲（Waterlily）

根据古代人的说法，罗蒂丝（loris）是一个美丽可爱的水精灵，她爱上了大力士海克力斯，但她看出海克力斯永远不可能喜欢她，因而憔悴而死。司掌青春的女神荷碧为她感到难过，就把她变成开紫色花的莲花（latus）。

仙女德约碧（Dryope）和她的妹妹艾娥蕾（tole）正在水精灵罗蒂丝曾经游玩而此时开着莲花的那条河旁散步。德约

睡莲：别称子午莲、水芹花、矮睡莲，睡莲不但适宜观赏，并且能够净化水质，其营养价值和药用价值也相当高。

碧看到那朵可爱的花，就弯下身，把它摘下，完全忘记了它原来的面貌。但是，当艾娥蕾看到血从花茎滴下来时，她知道那是水精灵罗蒂丝。

"哦，你做了什么啊？"她叫出来。

德约碧在恐惧中迅速把花丢进河中，转身就逃，但已经来不及了，因为它的血已沾染了她的手，她的脚生了根，她的手臂长出叶子，她的身躯正长满粗糙的树皮，慢慢变成一棵忘忧树（Lotus-tree），其忘忧果被食莲者（lotus-eater）[①]热烈寻求。

由于折断的花被丢回河中，一定会有些血滴被带到海洋，到达世界远方的角落，因为古代人所知道的这种开紫色花的莲花，即莲属植物———以前叫中国莲，原产于从里海延伸到整个远东、澳洲和菲律宾的地方。

罗马军队把它带到尼罗河，在那儿迅速蔓延，所以被误称为埃及莲。花朵并非紫色，而是粉红、红色、深玫瑰红或白色，并且非常香。

真正的埃及莲数千年来都备受敬重，它并不是莲属植物，而是睡莲。蓝色莲花是女神伊西斯的花，而更加神圣的白色莲花则献给奥西里斯。

---

① 食"忘忧果"而忘记尘世的人。

在世界另一边的美国，有另一种莲属植物，即美国黄色莲花。印第安人认为它具有神秘的力量，然而他们却吃它有营养的种子——北美果，并无情地挖掘它有结节的根当作食物。

达科塔州的人称它为"特华培"，当他们吃完一顿愉快的"特华培球根"餐，坐在营火四周时，就会讲述有关它的起源故事。

很久以前，有一位年老的酋长有一晚睡在圆锥形帐篷的外面，梦到一位星辰少女站在他旁边，要求他提供意见，她说她厌倦了每夜在天空中举着火炬，她想下到尘世，与达科塔州人住在一起，但她要以什么形态出现呢？

酋长忽然醒过来，就在一座遥远山顶的上方，他看到一颗金色的星星明亮地闪耀着。到了早晨，他去请教巫师"智者"，对方要他再睡一个夜晚，看看会发生什么事。

那一夜，同样的少女又出现在他的梦里问同样的问题。酋长猛然醒过来时，那颗金色的星星变得很近，在一棵树的顶端闪耀着。他叫它，它就飘过来，停栖在他圆锥形帐篷的柱子上。酋长的小儿子被明亮的亮光惊醒，惊慌地跑到外面。

"儿子，快一点！"老人说，"去湖上划独木舟到智者睡觉的松尖地方，尽快把他带来。"

男孩跑去划独木舟，星星跟着他，停在舟首，整座湖都被照亮。酋长的儿子是永远不能表现出恐惧的，于是他开始迅速划着，但在兴奋中撞到一根圆木，震动了独木舟，星星掉进湖中消失了，它的亮光被水熄灭。

然而到了早上，金色星星掉落的地方，有一朵黄色的莲花出现。星辰少女已选择以这种形态生活在达科塔州人之中。

美国有很多睡莲，它们是湖泊和河流的原产物。有时人们分不清莲属植物和睡莲，从果实上来判断，它们的荚果的确有所不同，但快速分辨它们的简单方式是看其高度。莲属植物有很高的茎干，叶子耸立，花朵离水面三到六英寸高，而睡莲则紧靠着水，飘浮在水上或当植物拥挤时会往上提高几英寸。

欧及布威族把开白花的荸荠睡莲编进一个有关迷失的星星的传说中。莱纳佩族也有一个关于普通白睡莲——飞机草睡莲的类似传说。

昂宿星团在细心修饰了火炬后，正在天空明亮地闪耀着。地上，有对年轻情人于星光中在沿河岸生长的芦苇丛中低语着。

"明天黄昏时，我会划独木舟来，"他说，"准备好跟我走。"

他来自一个敌对的部族，而她则是欧及布威族首领的女儿。这个首领当时正跟他的战争咨询委员抽着大型陶制烟斗，筹划着与敌对部族之间的战争。

就在第二天晚上星星尚未出来之前，昴宿星团正忙着修饰它们的火炬时，其中一颗星星感到好奇。

"如果我窥视天空的边缘，"她心中想着，"我会看到什么呢？"

她拿着明亮的闪耀着的火炬，跑到天空边缘探身，看到一只独木舟偷偷划到长着芦苇的岸边，一个年轻人机警地走出来，迎接一个站在那儿等候的漂亮印第安少女。

芦苇中一片黑暗。

这颗星星的身体使劲往前探，她深感兴趣，举起火炬，让亮光照着两人。

也许亮光让女孩感到迷乱，因为她跟跄跌进独木舟——噪音传到开会中的首领耳中。唯恐敌人偷袭他们，于是他拿起武器，冲向河岸。

这颗星星很兴奋地注意看着，独木舟正要划出芦苇。她把火炬放低，把路照亮，然后放得更低……

忽然，她的身体失去平衡，掉落天空边缘，消失在水面下，再不曾被人看到，这就是为何现在昴宿星团只剩六颗肉眼可见的星星。但那颗失落的星星在掉落时，丢下她燃亮的火炬，火炬裂成一千个碎片，成为闪亮的睡莲，阻挡住河流，首领无法划着独木舟去追逐逃走的少女和那位敌营的勇士。

当伊洛克族在长屋中讲故事的时间到来时，人们会听到

"鸣鸟"欧希姐的故事。欧希姐挚爱的也同样深爱着她的年轻首领去打仗了，等他回来时，她就要跟他结婚，"鸣鸟"高兴极了。

然而在某个夜晚，大灵在梦中告诉她，如果她与这个年轻首领结婚，就会导致他的死亡以及所有部族的灭亡。就在第二天，首领回来了，打了胜仗很得意，一想到欧希姐他就感到很快乐。但当他去找她时，她却躲避他。他快速追着欧希姐，欧希姐跑到一处悬于湖上的断崖顶端，摆出跳崖的姿势，请求他回到营地。他只是笑着，跑向前去，当他伸手要抓住她时，她却纵身跳下断崖，在下面的水中消失了。他赶紧跟着跳下去，却找不到她的尸体。最后，他游回岸上，悲伤地回到营地。到了早晨，有一朵美丽的白花出现在湖中"鸣鸟"消失的地方。原来大灵给了她奖赏，把她变成了一朵睡莲。

波尼族人宣称，所有的睡莲都由湿泥魔照顾，这种说法无异于欧洲人的说法，即守护睡莲的是妖怪。湿泥魔在球根中玩耍，不喜欢印第安人采撷它们当食物。水中妖怪在夜晚时用这种花当小妖怪的摇篮，如此一来，当花瓣闭起来，莲花沉到水下时，小妖怪会很安全。

远在普利尼的时代，睡莲就被推荐为春药的解药。据说，它能破解任何魔咒——除了最强大的那种。

在许多世纪后的欧洲，这种花是对付女巫时很不错的护身符。奇怪的是，这并不是因为白色的睡莲跟圣母有所关联，而是因为圣彼德很看重它，用它作为审判灵魂的助手。

根据传说，所有的花都有灵魂。欧洲的睡莲由于没有诱人的香气，非常纯洁又无邪，所以它被允许生长在天堂的大门，在别的花进来时成为它们的审判者。

它在审判时只问一个问题："你在尘世时如何利用你的香气？"

如果它判定它们在尘世时表现良好，就会准许它们进入天堂，永远在那儿开花。但是无用的花灵魂必须回到尘世，成为成熟的种子。睡莲宽宏大量，让它们另有机会生长、开花，以明智的方式利用它们的香气。

百日草（Zinnia）

百日草是新世界的植物。也许几千年前它们就生长在墨西哥北部的干燥草原上，很适应干旱的土壤。接着，几世纪后，它们成为德州、新墨西哥州和亚利桑那州的固定产物。当白人在十八世纪第一次注意到这种植物时，它们长得很茂盛，据说有六种之多是原产于这三个州。

但大部分种植在花园中的百日草，都是源自墨西哥的品种，以百日菊（zinnia elegans）为人所熟知。野生的百日草是一种单瓣花，其放射状线条大概可称之为花瓣，是淡紫色的。在花园中有单瓣花和重瓣花，颜色有很多种，包括黄色、橘色、绯红、深红、紫色和淡紫色，却不曾有蓝色。

旧式花园中只有单瓣百日草，祖母们喜欢称呼它们为"青春与老年"，因为眼尖的女人们观察到，在这种放射状线条花已生长很久而变得僵硬时，就会有小小的圆盘状新花出现在花的中心。

这种来自墨西哥的百日菊，就像来自同一个地方的大丽花，在美国人还不知道它只要稍微照顾就能成为多么漂亮的花时，它已在欧洲花园中被人培植且珍爱。当它第一次传到欧洲时，学者们摸摸它的叶子，就把它命名为crssina（有点粗糙）。林奈在一七五九年把它改成zinnia（百日草），因为他的朋友兼同事——哥庭根大学的植物学与医学教授约翰·金引（Johann Zinn）刚刚去世，于是林奈就这样努力让他的名声永垂不朽。

从美国西南部族丰富的民间传说中，我们发现，纳瓦荷族和阿帕契族把他们多沙平原中生长的这种有点粗糙的杂草，视为一种神秘的植物，它是由"多变女人"——一位不断在年老与年轻之间来回变动的神秘女神送给他们的。这个女神无疑是他们对大自然所具有的概念。在纳瓦荷族版本的传说中，这个部族过着艰苦的生活，他们虽快速地种植谷物、豆类、甜瓜以及南瓜，但不幸也一样快速降临。第一次种植时，糖蛾吃掉他们刚生长的谷物，蝗虫毁了他们的豆类，毛毛虫吞噬掉南瓜和甜瓜藤。

他们不屈不挠，又开始种植，结果一次倾盆大雨洗劫了秧苗，炎热的太阳在他们来不及重整前就把秧苗晒枯了。纳瓦荷族人在那些存放着谷物和大豆类作为食物之用的瓶罐中挖掘，再度种植。结果旱灾来临，农作物枯萎了。

"是魔鬼与恶灵跳舞穿过我们的田野，"巫师从让他能够与神祇交谈的恍惚中苏醒过来时，这样说道。"'多变女人'要我们寻找'蜘蛛女'，她会告诉我们怎么做。但是，只有被诸神喜爱的'刚直的箭'能够找到她。"巫师说完又陷入沉睡中。

"刚直的箭"是首领十二岁的儿子，他不曾看过"蜘蛛女"，完全不知道要去哪里找她。但第二天早晨，他按照巫师的指示朝南边出发去寻找她。大约在中午时，他到达一座孤凄的峡谷，有一只小蜥蜴在突出的岩石上晒太阳。这男孩有礼貌地问蜥蜴是否知道"蜘蛛女"住在哪里。

在靠近蜥蜴的地方，有一张蜘蛛网悬挂在一个宽阔的开口上，它的正中央有一只巨大的蜘蛛静静栖息在那儿，那就是"蜘蛛女"。

"往东走，"蜥蜴说，一边说一边爬开，在它停留过的地方留下一朵黄色的花，"直到你到达一棵停满硫黄色鸟儿的树，你问鸟儿们。"

"刚直的箭"在峡谷边缘找到了那棵树。

"请你们告诉我哪里可以找到'蜘蛛女'，好吗？"他问鸟儿们。

"往西走，"它们以鸣啭的声音说，"直到你看见一只沐浴在阳光中的响尾蛇，你问它。"同时鸟儿的白色羽毛从身上飘下，变成硫黄色的花。

男孩在另一个边缘处找到响尾蛇，非常有礼貌地问它。当蛇回答时，它的那些响环一个个掉落，变成硫黄色的花。

"往南走，"它说，"直到你发现一只睡在河岸的毒蜥。"

他在不远的地方发现了毒蜥。毒蜥在午睡中被吵醒，非常生气。当男孩询问它时，它对着一只疾行的蚂蚁发出啪嗒声，它的尖牙吐出的毒液变成了硫黄色的花。

"向北走，直到你发现一只蜘蛛，你问它。"它咆哮着，接着又睡着了。

于是"刚直的箭"又回到他当初完全没注意到蜘蛛网的那座峡谷，"蜘蛛女"很生气。

"你当初为何不先问我？"她责骂，"反而去问那只可怜的小蜥蜴！我是'蜘蛛女'，我知道如何驱除那个恶灵，但你现在不必问我了！"

男孩很友善地说出道歉和取悦的话，所以"蜘蛛女"心软了。无论如何，她必须诚实相告，因为她接到"多变女人"的命令，"多变女人"故意创造出那些硫黄色的花，故意让男孩先去询问那只蜥蜴。

"如果你们人类到那只蜥蜴躺着的地方、鸟儿们鸣啭的地方、那只蛇沐浴在阳光中的地方、毒蜥睡觉的地方，接着掘起花种在谷田中，那么枯萎的谷物、豆类、甜瓜和南瓜就会一夜之间长出来，第二天就会成熟，纳瓦荷族就会享有丰富的食物。"

"蜘蛛女"在自己蜘蛛网的四周昂首阔步，检视网的丝线。"刚直的箭"跑回营地，传达这个信息。人们按照"蜘蛛女"的指示去做，那个恶灵被驱除了，他们的农作物在一夜之间奇迹般地成熟了。

所以，纳瓦荷族总是在他们的谷田中种植一些硫黄色的百日草，并从不捕杀蜘蛛，唯恐伤害到"蜘蛛女"。

这个"蜘蛛女"是普布罗族创造的一种神话事物，但纳瓦荷族凶猛地奇袭普布罗族，迅速盗取他们的神祇，一如迅速盗取他们的财物。就这样"蜘蛛女"跟他们自己的女神——"多变女人"一起悄悄进入百日草的传说中。